希腊神话
与英雄传说

杨永胜 编著

山西出版传媒集团
山西人民出版社

图书在版编目（CIP）数据

希腊神话与英雄传说 / 杨永胜编著 . -- 太原：山
西人民出版社, 2024. 8. -- ISBN 978-7-203-13530-2

Ⅰ . I545.73

中国国家版本馆 CIP 数据核字第 2024RV9788 号

希腊神话与英雄传说
XILA SHENHUA YU YINGXIONG CHUANSHUO

编　著：杨永胜
责任编辑：魏美荣
复　审：崔人杰
终　审：梁晋华
装帧设计：邦雅文化

出 版 者：山西出版传媒集团·山西人民出版社
地　址：太原市建设南路 21 号
邮　编：030012
发行营销：0351 - 4922220 4955996 4956039 4922127（传真）
天猫官网：https://sxrmcbs.tmall.com 电话：0351 - 4922159
E - mail：sxskcb@163.com 发行部
　　　　　sxskcb@126.com 总编室
网　址：www.sxskcb.com

经 销 者：山西出版传媒集团·山西人民出版社
承 印 厂：水印书香（唐山）印刷有限公司

开　本：880mm × 1230mm　1/32
印　张：4
字　数：110 千字
版　次：2024 年 8 月 第 1 版
印　次：2024 年 8 月 第 1 次印刷
书　号：ISBN 978-7-203-13530-2
定　价：29.80 元

快乐读书吧！

张明远

读书可以体验乐趣，养成读书的习惯，可以不断地汲取人类知识宝库中的珍宝。

读书可以与古人对话，使我们知道中华民族五千年的辉煌历史。

读书可以使我们知道从哪里来向哪里去。

读书可以提高我们的思想品位，培养思维，扩视野，从小书本走向大世界。

书籍引着我们人生的航向。 张明远书

从黄金时代到黑铁时代

快速阅读思维导图

天神一共创造了五代人 →
- 普罗米修斯创造了黄金时代的人类
- 诸神用白银塑造了白银时代的人类
- 天父宙斯创造了青铜时代的人类
- 宙斯又创造了半人半神的英雄们

→ 今天的人类生活在最堕落的黑铁时代

按照古希腊神话，天神一共创造了五代人。

黄金时代

最早出现的第一代人，由天神普罗米修斯创造，被称为黄金一代。

那时候，统治天国的是宙斯的父亲克罗诺斯，而莽莽大地，则是人类的王国。

大地之上四季如春，温暖的气候带来了似

经典形象

智慧点拨

　　在世界所有神话中，希腊神话占有突出的地位，其内容之丰富、保存之完整、对后世文学艺术影响之巨大，都是举世无双的。

　　希腊神话以浪漫史诗的形式再现了古希腊人的社会面貌和精神生活，是古希腊人对远古历史的一种艺术回顾，是古希腊人民在同大自然的长期斗争，以及对高尚和文明的不懈追求中创造出的故事传说，反映了古希腊人民在历史蒙昧时期对神秘自然的执着追求，对英雄神圣的信仰崇拜以及对美好未来的无限憧憬。

回味思考

　　奥林匹斯山十二主神是哪十二位神祇？

素材积累

❤ 好词 ❤

数不胜数　万木竞秀　百花争妍　浩瀚无垠　扶弱济危

❤ 好句 ❤

　　那里是世界上最美的地方：四季如春，没有严冬；丽日朗照之下，万木竞秀，百花争妍；蝴蝶在花卉上飞舞，鸟儿啾啾地歌唱……

场景再现

智慧点拨
解析章节主旨，有赏有析，启迪思考。

回味思考
知识点测试，查漏补缺，开拓思维。

素材积累
汇集文中好词好句，积累写作材料。

精彩篇目

普罗米修斯造人、潘多拉的盒子、黄金时代、智取金羊毛、厄里斯的金苹果、拉奥孔、木马屠城……

在奥林匹斯山和其他地方，

还有很多其他神祇，

让整个世界变得富有生气。

目录
Contents

天神宙斯与十二主神

快速阅读思维导图

天神宙斯是希腊神话中的众神之王	→	宙斯统治着整个世界	→	神有时会降临人间，帮助或危害人类
		宙斯是许多神和英雄的父亲		
		宙斯的兄弟和子女是十二位主神		
		奥林匹斯山是十二主神居住的地方		

天神宙斯

在希腊神话中，天神宙斯被尊称为"众神之父""万王之王"，我们后面讲到的大多数神和人间英雄都是宙斯的兄弟姐妹或者后裔。他既是整个希腊神话中的主角，又是奥林匹斯山的十二主神之首。

宙斯是人们崇奉的最高天神、众神和万民

🔅 知识拓展

奥林匹斯山：希腊最高山，坐落在希腊北部，靠近塞尔迈湾，又称上奥林匹斯山。

的君父，主宰着整个天空，他的主要武器是独眼巨人送给他的雷霆、闪电和霹雳，所以他不仅能抛掷闪电、霹雳，而且能制造雷霆，呼风唤雨。宙斯的另外一项本领就是能够预知未来。他通过托梦，制造雷电，或借助于禽鸟的飞翔和树叶的沙沙声来宣布人们的命运。

这位天神有着不凡的仪表：他五官端正，头发卷曲，长着大胡子，看起来十分威严。宙斯主宰着自然界的一切，使四时更替井然有序；他还统治着包括人、神在内的整个世界；大自然的一切都归他管，甚至连人间的善恶也都由他说了算。在奥林匹斯山的宙斯宫殿前摆着两个特殊的罐子：左边的罐子里装着"善"，右边的罐子里装着"恶"。当有凡人降生时，宙斯就会从两个坛子里分别取出等量的"善"与"恶"赐给这个凡人，所以，大部分人在刚出生时既说不上善，也说不上恶，都是善恶参半的。但是，宙斯也有忙得不可开交的时候，这时他就随便从两个罐子里抓些善恶赐给这个人，所以人世间就有了生性更善良或更凶恶的人。

当然，宙斯的权力也不是无限的。在很多情况下，他也得听从命运女神的安排，没法随心所欲地对一个人的命运做出改变。爱神的力量也是宙斯无法左右的，所以即使是宙斯本人，也常常被爱神的金箭射中，不由自主地爱上一个人。

由于宙斯生性风流，发生在他身上的爱情故事简直数不胜数。他先后娶过七位女神做妻子。他的第一位妻子是第一代智慧女神墨提斯。墨提斯本来是不愿意嫁给宙斯的，因此幻化成各种动物到处躲藏，但是她最后还是没能摆脱宙斯的追逐，只好与他结为夫妻。两个人结婚后，宙斯从天父乌拉诺斯和地母盖亚处得到预言：墨提斯生下的孩子将会比他的父亲还要强大。这本来是家族的命运，但宙斯很害怕，于是将怀孕的墨提斯一口吞下了。但是，由于墨提斯是智慧女神，过多的知识涌进宙斯的头脑，沉甸甸的让他难以承受。于是他用双手挤压头颅，以减轻痛苦。不久之后，从他的脑袋里生出了另一位女神，那就是新的智慧女神雅典娜。而被宙斯吞掉的妻子墨提斯后来一直生活在宙斯的腹中，为宙斯提供智慧。

宙斯的第二位妻子是他的姑妈正义女神忒弥斯，宙斯与她生下了时序三女神和命运三女神。

知识拓展

乌拉诺斯：希腊神话中第一代天空之神、天父，远古的天神，天空的化身，是由地母盖亚所生，后来又成为盖亚的丈夫。乌拉诺斯仇恨自己的孩子，把他们禁闭在盖亚的身体里。后来被其子克罗诺斯推翻。

盖亚：地神，众神之母，大地的化身，第一个从混沌中分离出来，是所有力量的源泉，传说只要接触她的身体就能不断获得力量。至今罗马一些地方还有把新生儿放在地上的习惯。

宙斯的第三位妻子是他的堂姐海洋女神欧律诺墨，他们生下了美惠三女神。

宙斯的第四任妻子是他的姐姐丰产与农林女神得墨忒耳，与他生有美丽的珀耳塞福涅，后来被冥王哈里斯抢去做了冥后。

宙斯的第五位妻子也是他的姑姑，记忆女神摩涅莫绪涅，她与宙斯生下了九位缪斯女神。

宙斯的堂姐暗夜女神赫托是他的第六位妻子，他们生有月亮与狩猎女神阿尔忒弥斯和太阳神阿波罗。

赫拉是宙斯的第七位妻子，也是最后一位妻子，她本是宙斯的妹妹，代表着女性的美德和尊严。赫拉在宙斯取得统治权后成为宙斯的妻子，并与宙斯生下了战神阿瑞斯、火与工匠之神赫菲斯托斯和青春女神赫柏。众神在奥林匹斯山为宙斯和赫拉举行了盛大的婚礼。从此之后，赫拉就成了宙斯的正妻和天后。

宙斯在与赫拉结婚之后，并没有改掉风流的毛病，依旧到处寻花问柳。宙斯与很多凡间女子有过私情，还生下了很多半人半神的子女，比如大力士赫拉克勒斯就是他与人间女子阿尔克墨涅所生的孩子，而引发了特洛伊战争的美

> **知识拓展**
>
> 缪斯女神：宙斯与摩涅莫绪涅之女，生于皮厄里亚，是司掌诗歌、艺术、科学的九姊妹。她们歌颂各代神祇，把过去和现在联系在一起，知道过去、现在和未来，是音乐家、歌唱家的保护神，还会把自己的才能传授给他们。西方语言中的博物馆一词就是缪斯的神庙Museum，音乐（Music）一词也源于缪斯。

女海伦也是宙斯在人间的女儿。

与宙斯的风流无度成为绝配的是天后赫拉的善妒，她对宙斯婚后的出轨行为非常不满，经常用自己的神力报复丈夫的情妇和他的私生子。赫拉曾经将宙斯的情妇卡利斯忒和她的儿子变成熊；在赫拉克勒斯出生时就放出大蛇想咬死他，之后又令他发疯，杀死其妻儿。

总之，天神宙斯既有公正威严、尊重他人的一面，这是他能够维持奥林匹斯山稳定的一个重要原因；同时却又风流无度，结婚七次，招惹无数女子，生下无数私生子，并且在恋爱中坑蒙拐骗，始乱终弃，很多被宙斯招惹过的女子都因赫拉的报复结局悲惨。

知识拓展

大熊星座与小熊星座：在此之后，宙斯将卡利斯忒和她的儿子送到天上，变成了大熊星座和小熊星座。

十二主神

宙斯在成为天神之后，给全体兄弟姐妹分授了领地。这样，每位神祇都有了一个自己统治的王国：波赛冬主管海洋，是海神；哈里斯统治地狱，是冥王；得墨忒耳掌管农田以及上面生长的树木和花朵，是丰产与农林女神；赫斯提亚掌握人们用来取暖的火，是灶神。

这些天神们都居住在奥林匹斯山上。

那是一座耸立在马其顿地区的雄伟高山。据说，那里是世界上最美丽的地方：四季如春，没有严冬；丽日朗照之下，万木竞秀，百花争妍；蝴蝶在花卉上飞舞，鸟儿啾啾地歌唱……可是，天神之间却一直争斗，没有停息，每天都有说不清的纷争和烦恼，连宙斯也避免不了。

一天，赫拉生下一个驼背的丑孩子，宙斯非常生气，竟然抓住孩子的一条腿，把他扔出了奥林匹斯山。孩子于空中飘荡数日，终于落到里木诺岛上，并在那里长大。由于这次坠落跌坏了腿，这个孩子从此走路蹒跚，再也不能行动自如了，而他就是人世间不曾有过的最优秀的铁匠赫菲斯托斯。跛足驼背的赫菲斯托斯几经周折，还是返回了奥林匹斯山。

除了赫菲斯托斯，其他神祇都很漂亮，尤其是海神波赛冬。他头发乌黑，浓眉下的一双亮眼闪着灵光。

战神阿瑞斯也是宙斯和赫拉之子。他天生好斗，总爱和其他神祇争吵不休。

最友善可爱的神祇莫过于爱神阿佛洛狄忒了。她外貌年轻，娇嫩如同少女，可实际上，她却比宙斯出生还早。乌拉诺斯被克罗诺斯的镰刀所伤，流出的鲜血滴进了大海，从鲜血与浪花之中生出一位美丽的姑娘。她的肌肤就像白昼闪烁的光芒，粉红的面颊犹如桃花，美丽的双眼中似有湛蓝的海水起伏，这就是爱神阿佛洛狄忒，也是最受众神喜爱的神祇。

📍知识拓展

克罗诺斯：天父乌拉诺斯和地母盖亚的幼子，推翻了乌拉诺斯成为第二代天父、神王。宙斯的父亲。

众神之中，还有一位女神也很有名，她叫雅典娜，是智慧女神。她非常热爱人类，是大地上美好事物的庇护神。她教妇女们纺线、织布，同时还教男人们耕耘土地。她是神祇之中最乐于助人的一个，喜欢把所有技术传授给人们，把一切美好的事物都告诉人们，连她的父亲宙斯也为她的聪慧与博学感到骄傲。

赫耳墨斯则是宙斯与星神迈亚的孩子，也是众神的使者和商业的庇护神，他长有一双翅膀，手中还有一根盘绕着两条蛇的木棒，那也是贸易的标志。他还被称为幽灵的带路人，因为他会把死者的灵魂取走，送入地狱。

宙斯把日月交给了他与暗夜女神赫托所生的著名双胞胎阿尔忒弥斯和阿波罗。当阿波罗驾驶着光芒四射的太阳车，把阳光洒满大地时，阿尔忒弥斯正躲在可爱的群山之中狩猎或与同

伴们玩耍。傍晚时分，她登上那银光闪烁的月亮车出巡。阿波罗为她边弹琴边唱歌，而阿尔忒弥斯则静悄悄地穿越浩瀚无垠的太空。

还有一位经常会与阿尔忒弥斯混淆的夜神艾思蒂娅，即三面神。这样称呼她，是因为宙斯赋予她在空中、陆地和海洋活动的能力，古希腊戏剧也一直用三个面孔的形象扮演她。

在奥林匹斯山和其他地方，还有很多其他神祇，让整个世界变得富有生气。但是最重要的一直是奥林匹斯山上的十二位神祇，即天神宙斯、天后赫拉、丰产与农林女神得墨忒耳、灶神赫斯提亚、冥神哈里斯、海神波赛冬、神使赫耳墨斯、太阳神阿波罗、月亮与狩猎女神阿尔忒弥斯、智慧女神雅典娜、工匠之神赫菲斯托斯、美与爱的女神阿佛洛狄忒。

在奥林匹斯山上，除了住着众神之外，还有半神人，即神祇们在陆地上的后裔。他们为人正直，疾恶如仇，扶弱济危，为了正义甚至准备献出生命。众神把他们带到自己的身旁，使他们生活得幸福，让人们对他们羡慕不已。有时众神也降临人间，给予人们帮助，但他们的降临并不都是好事。

📖 知识拓展

古希腊戏剧：指大致繁荣于公元前6世纪末至公元前4世纪初之间的古希腊戏剧，其中心在雅典城，最早起源于祭奠酒神狄奥尼索斯的酒神节活动，是世界上最古老的戏剧，有悲剧和喜剧两种类型。

在世界所有神话中，希腊神话占有突出的地位，其内容之丰富、保存之完整、对后世文学艺术影响之巨大，都是举世无双的。

希腊神话以浪漫史诗的形式再现了古希腊人的社会面貌和精神生活，是古希腊人对远古历史的一种艺术回顾，是古希腊人民在同大自然的长期斗争，以及对高尚和文明的不懈追求中创造出的故事传说，反映了古希腊人民在历史蒙昧时期对神秘自然的执着追求，对英雄神圣的信仰崇拜以及对美好未来的无限憧憬。

·回味思考·

奥林匹斯山十二主神是哪十二位神祇？

素材积累

❥ 好 词 ❥

数不胜数　万木竞秀　百花争妍　浩瀚无垠　扶弱济危

❥ 好 句 ❥

那里是世界上最美丽的地方：四季如春，没有严冬；丽日朗照之下，万木竞秀，百花争妍；蝴蝶在花卉上飞舞，鸟儿啾啾地歌唱……

普罗米修斯与人类

快速阅读思维导图

普罗米修斯用泥土造出了人 →
- 普罗米修斯偷了宙斯不给人类的火
- 宙斯将普罗米修斯缚在高加索山上
- 马人喀戎用自己换下了普罗米修斯
- 宙斯利用潘多拉给人间带去灾祸

→ 丢卡利翁在洪水之后用土块再造了人类

普罗米修斯造人

🔥知识拓展

泰坦神族：指乌拉诺斯与盖亚的子女，后来被以宙斯为首的奥林匹斯神族取代。

在一个晴朗的早晨，普罗米修斯降临到大地上，他是泰坦神族的后裔。

普罗米修斯知道大地中蕴藏着天神的种子，因此他来到了河边，抓起一大团泥土，捧水浇在上面，再揉搓几下，让泥巴变得软硬适宜。接着，他按照天神的样子，用这些泥巴捏出了很多小泥人。捏完之后，他打量着这些无生命的形体陷入沉思：怎样才能让他们具有生命呢？

普罗米修斯只见过那些奔跑的动物，于是他摄取了狮子的勇猛、狗的忠诚、马的勤劳、鹰的远见、熊的强壮、鸽子的温顺、狐狸的狡猾、兔子的胆怯和狼的贪婪，杂糅混合，一一注入泥人的胸膛。这样一来，泥人便能像动物一样活动了。不过，他们还缺少神的灵气，普罗米修斯便请他的朋友雅典娜对着这些泥人吹了一口气，于是这些泥人获得了理性，成为真正的人。

第一代人被造出来了，却孩子似的乱跑。世上的一切，激起了他们的好奇心，却不能引发他们的思考。他们根本不知道怎么使用天神赐给他们的这一切：他们有眼睛，却不知道用来看东西；他们有耳朵，却什么都听不见；他们住在洞穴里懵懂无知，就像梦中的幽灵一般；星辰的运行让他们茫然，四季的划分他们不会利用；他们既不知道制造工具，也不懂伐木建房。

还好有伟大的普罗米修斯，他当了第一代人类的老师，教他们计数、写字、观察星象、建房耕田、创造艺术，还教会了人们驯化动物、驯养牲口，还教他们把骏马套上缰绳，成为在

> **知识拓展**
>
> 理性：古希腊哲学概念。狭义的理性指企图认识无限、绝对的东西的能力，广义的理性还包括感性和知性的先天形式。斯多葛学派认为理性是神的属性与人的本性。但理性往往并不包含道德的成分，即无关正义。

陆地上代步的工具。他还发明了帆和船，用于在海上捕鱼航行。总之，凡是对人类有用的、能够使人类幸福的，他都教给了他们。

盗取天火

在普罗米修斯的教育之下，人类变得聪明智慧，这引起了奥林匹斯山上的天神宙斯和诸神的注意。于是，诸神要求人类敬奉天神，而作为交换，他们可以保护人类，赐福给他们。

不过，宙斯非常狡猾，他在赐福给人类的同时，也有所保留。他这么做只是怀疑普罗米修斯造人是为了和自己作对。同时，他又害怕人类强大起来无法控制。后来，诸神和凡人的代表在希腊聚会，商议确定诸神和人类的权利和义务。普罗米修斯作为维护人类利益的代表出席了聚会，他希望诸神不要因为凡人是自己创造的而为难人类，提出太苛刻的条件。在聚会上，凡人需要先向众神献祭，这让刚刚开始耕种放牧的人类苦不堪言。他们希望减少供神的祭品。

这时，普罗米修斯发挥出他作为泰坦神的智慧。他以人类的名义宰杀了一头公牛，分成

知识拓展

宙斯与普罗米修斯：传说普罗米修斯知道一个古老的秘密——如果宙斯与忒提斯结合，他们所生的儿子必定会推翻宙斯，这也是命运女神的意志。宙斯因此而感到害怕，最后肯放过普罗米修斯就是为了换取这个秘密。

碎块儿摆成两堆，然后找到宙斯，请他选择人类应该把哪一堆献给神祇，哪一堆留给自己。

其实，这两堆中一堆全是上好的牛肉，但上面盖着牛皮和牛骨；另一堆则全是骨头，上面浇上了烧过的牛油，冷却之后把里面的骨头包裹起来，看起来饱满又有光泽，分外诱人。

宙斯果然上当，选择了第二堆。可是当他和众神揭开那板结的牛油之后，却发现里面全是骨头，一点儿肉都没有，宙斯明白了过来，愤怒地对普罗米修斯说："泰坦巨人的儿子呀，仁慈的朋友，你的分配好公平呀！"

为了报复欺骗众神的普罗米修斯，宙斯拒绝给予人类他们最需要的东西——火。没有火烧烤食物，人类就只能吃生的东西；没有火照明，人类就只能生活在无边的黑暗中。

看到自己创造的人类生活得如此痛苦，普罗米修斯非常难受，他决定为人类盗取天火。宙斯显然也在提防他这样做，派人看守着天火。普罗米修斯对此无能为力，非常焦虑。

普罗米修斯的弟弟厄庇修斯知道后，就给他出了一个主意。普罗米修斯听了弟弟的话，非常高兴，他折下一根长长的茴香枝，带着它

> **知识拓展**
>
> 火的作用：火的使用是人类发展史上的一大创举。用火加工食物，除了更易于吸收外，还能减少食物与饮水中的寄生虫，减少疾病的发生。生火还能够御寒，在夜晚驱赶野兽。用火烧林、炼铜、制陶，也都极大地促进了生产力的发展。

来到天上。当太阳神驾着烈焰熊熊的太阳车从空中经过时，普罗米修斯把茴香枝伸到火焰里引着，然后迅速降落到大地上。在那里，他用火种点燃了第一堆木柴，燃烧的火光直冲云霄。

宙斯得知后大怒，命人将普罗米修斯带到高加索山上，用一条永远也挣不断的铁链牢牢地将其缚在陡峭的悬崖上。为了惩罚普罗米修斯，宙斯还派出神鹰每天啄食他的肝脏。这些被吃掉的肝脏随即又会长出来。这样日复一日，年复一年，普罗米修斯垂吊在陡崖上，身体不

● 知识拓展

高加索山：欧洲第一高峰，位于黑海与亚速海之间，其主轴分水岭为亚洲和欧洲分界线。古希腊人认为高加索山是在大地极远的地方。

16

能入睡，双腿不能伸屈，忍受着饥渴、炎热、寒冷和神鹰啄食肝脏之苦。可怜的普罗米修斯被判忍受这样的折磨最少三万年。可是为了人类，普罗米修斯没有向宙斯屈服。

意志坚强的普罗米修斯就这样忍受着万分的痛楚，直到将来有人自愿为他献身。

普罗米修斯在悬崖上渡过了漫长的悲惨岁月，直到宙斯的一个儿子赫拉克勒斯来到这里。他看到恶鹰在啄食可怜的普罗米修斯的肝脏，心中生出同情与正义，便搭弓射箭，将那只残忍的恶鹰射落。然后他松开锁链，带着普罗米修斯离开了高加索山。

但为了平息宙斯的愤怒，赫拉克勒斯把半人半马的喀戎作为替身留在悬崖上。喀戎被赫

> **知识拓展**
>
> 喀戎：马人，克罗诺斯和海洋女神菲吕拉之子。喀戎仁慈而智慧，为人公道，擅长医术、音乐、投枪，是许多英雄的老师。

拉克勒斯的毒箭误伤，因而甘愿放弃永生以换取普罗米修斯被释放。

为了彻底执行宙斯的判决，普罗米修斯要永远戴一只铁环，环上镶有一块高加索山上的石头。这样，宙斯就可以向诸神及人类炫耀，他的仇敌仍然被锁在高加索山的悬崖上。

潘多拉的盒子

普罗米修斯盗取天火对宙斯绝对是一种冒犯，因此他有满腔郁闷需要发泄。追根溯源，整个事情的起因不都是那个厄庇修斯吗？于是，宙斯决定用他来惩罚人类。

宙斯把这个决定告诉了众神，他们想出了一个绝妙的办法来对付普罗米修斯的弟弟厄庇修斯和普罗米修斯所创造的人类。

工匠之神赫菲斯托斯拥有无与伦比的卓越工艺，他把泥土和水混合起来，照着女神们的样子为宙斯赶制了一位美貌绝伦的迷人少女。

然后，宙斯又命诸神赋予这个少女各种各样的装饰和天赋：

雅典娜为少女披上了一件闪光的白色长裙，

艺术手法
铺垫：详细描写潘多拉的外貌、天赋与才华，为厄庇修斯将普罗米修斯的警告抛诸脑后做铺垫。

18

蒙上了漂亮的面纱，又给她戴上了华美的花环与金项链；赫菲斯托斯为了取悦父亲，还在雅典娜赠送的金项链上装饰了各种动物造型；阿波罗赐给她婉转如夜莺般的歌喉；爱与美的女神阿佛洛狄忒又赐给了少女种种迷人的魅力；神使赫耳墨斯又教授了她人间的语言。

最后，众神给她起名为潘多拉，意思是"有一切天赋的女人"。

然后，宙斯让赫耳墨斯把她带到了人间，他得意地说："让厄庇修斯见识一下潘多拉的魅力吧，她可是诸神送给他和人间的礼物。"

厄庇修斯听说天神宙斯许配给自己一个妻子，隐隐地有些担心，于是就前往高加索山，征求被缚住的哥哥普罗米修斯的意见。

"你要当心，"普罗米修斯对他说，"众神对你这么关怀，肯定不是好事。"

然而，厄庇修斯一见美丽的潘多拉就魂不守舍，哥哥的警告也被他抛到了九霄云外。他对潘多拉一见钟情，迫不及待地要娶她为妻。

出嫁之前，宙斯把一只精工制作的镶嵌着珍珠的盒子送给了潘多拉。

"你永远也不要把它打开，"宙斯对她说，

"如果你不听话，你会后悔莫及的。"

宙斯十分清楚，在众神把各种天赋赐给潘多拉时，也给了她一个致命的缺点：好奇心强。他越是叮咛，潘多拉就越可能打开盒子。

潘多拉嫁给了厄庇修斯，两个人过了一段幸福美好的日子，可潘多拉却总是被一件事折磨着，就是宙斯送给她的那个盒子。一有时间，她就会像猫围着鱼一样在盒子周围转来转去。

里面到底装了什么？为什么打开它会让自己后悔？

潘多拉一次次冲动地要将盒子打开，但她想到宙斯的嘱咐，又掐了掐胳膊，忍住了。不过，她总是惦记着这个盒子，吃不好饭、睡不好觉。她时时想着它，夜里做梦也梦见它。她因此身体消瘦，脸色憔悴，好奇心苦苦地折磨着她。

厄庇修斯发现爱妻心中有事，就一再追问她究竟发生了什么，竟然会让她憔悴成这个样子。潘多拉就把盒子的事情告诉丈夫。

厄庇修斯终于明白，为什么自己的心中一直有隐隐的不安，他立即猜到了诸神的意图，于是很严肃地嘱咐妻子一定不要打开那个盒子，因为那个盒子是不祥的，将会给他们夫妻二人和整个人类带来巨大的灾难。

听了丈夫的警告，潘多拉的好奇心被压抑了一段时间。可是慢慢的，那被压抑的好奇心又起来了，并且比之前更加强烈。很快，潘多拉的整颗心都被那只盒子占满了。终于有一天，潘多拉实在忍不住了，三步并作两步走到卧室，取出那只盒子，猛地揭开了盒盖。

潘多拉甚至没来得及仔细看，盒子里就升腾起一股黑烟，迅速如乌云般布满了整个天空。

阴险的众神藏在盒子里的饥荒、瘟疫、疾病、癫狂、战争、灾难、罪恶、嫉妒、贪婪等灾祸也伴随着黑烟飞了出来，散布到整个人间。

惊慌失措的潘多拉立刻知道大事不妙了，她赶紧关上盒子，但为时已晚。从此以后，各种各样的疾病和灾害，不分昼夜地在大地上徘徊。它们无比狷獗又悄无声息，不容易引起人们的注意，因为宙斯没有赋予它们声音。

唯一值得欣慰的是，盒子里还有一样东西被留在了人间——希望。也就是因为这一点希望，人类在这么多的灾祸中延续了下来。希望成了彼岸的灯塔，照耀着人们生活的路。

从母亲的骸骨中诞生

宙斯对人类十分不满，想要灭绝人类。于是他决定降下暴雨，用洪水来淹没人类。

普罗米修斯知道后，便把儿子丢卡利翁叫到跟前说："宙斯发怒了，他要让连绵不断的洪水在地球上泛滥，这场洪水将把人类全部淹死。你赶快去造一条大船，然后你和皮拉坐到上面去，这样，你们就可以避过这场灾难。"

丢卡利翁——照办。他造了一条方舟并和妻子皮拉坐在上面。不久，洪水果然来了。人类都被淹没在了洪水中，只剩下丢卡利翁和皮拉，他们的船漂浮了九天九夜以后到了巴拿斯山上。

天神宙斯发现了这对夫妻，他看出这是两个正直无辜而又虔诚信神的人，就平息了怒火，决定给人类留下最后的种子。于是，他唤来了北风，吹走了乌云，暴雨停止了，天空又重现光明。海神波赛冬也在宙斯的示意下把奔腾汹涌的大海安抚下来，又过了一段时间，洪水也退去了。各种树木渐渐从水中露出了树梢和树干，草地重新露出久违的生机，陆地终于重新浮出水面。

丢卡利翁和皮拉夫妇终于重新回到陆地，他们环视着周围，发现世界上只剩下他们两个人了，到处都寂静得可怕。看到这一切，丢卡利翁禁不住流下了眼泪，他与妻子越想越悲伤，禁不住抱头痛哭起来。

他们没了主意，只好找到一座正义女神忒弥斯半荒废的圣坛，给女神做了简单的献祭之后，他们跪下向女神恳求："女神啊，请告诉我们，该如何重新创造已经灭亡了的一代人类。

> **知识拓展**
>
> 巴拿斯山：又译为帕纳塞斯山，希腊南部一山名，位于科林斯湾北，海拔2457米，是希腊神话中阿波罗和缪斯诸神的圣地，山脚下就是德尔菲城。

女神呀，请帮助沉沦的世界再生吧！"

"你们这个想法太好了，"女神说，"我真心希望你们如愿以偿。想创造新的人类，只要戴上面纱，放松衣带，把母亲的骸骨往肩膀后扔去。"

"扔母亲的骸骨？"皮拉惊叫道，"不行，移动骸骨是严重的亵渎。"女神沉默不言。

但是，丢卡利翁认真思考后，终于明白了女神的意思。他高兴地对妻子说："我明白了，女神并不是让我们做不敬的事。地母盖亚是全世界的母亲，她的骸骨一定就是石块儿了。"

于是，丢卡利翁夫妇遵照神谕戴上面纱，把衣带松开，然后捡起石子往自己的肩后扔去。

石块儿在他们身后发生了神奇的变化：被这对夫妇扔过的石块儿忽然不再僵硬，它们变得又灵活又柔韧，一落地就慢慢地变大、长高，慢慢长出了人的形状。石头上沾着的松散泥土变成了人类的肌肉，坚硬的石头变成了人类的骨骼，石块儿中的纹理变成了人的血管脉络。

就这样，丢卡利翁和皮拉扔的石头都变成了人。更神奇的是，丢卡利翁扔的石块儿都变成了男人，而皮拉扔的石块儿则变成了女人。

表达方式

语言描写：亵渎母亲的骸骨与重新创造灭亡的人类之间有冲突，但女神却没有给出新的神谕。丢卡利翁和皮拉要怎么做？引起了读者的阅读兴趣。

在原始神话中，有一类非常重要的神话人物，他们被称为文化英雄，也就是那些最初为人类带来或制造文化物品的人物，以及教给人类各种技能或建立社会组织和确立行为规范的人物。这些人与创世神不同，创世神是从虚无或混沌中创造宇宙，而文化英雄则是把已有的东西取来交给人类。文化英雄的起源十分古老，他们身上也大多带有厚重的历史特性。普罗米修斯是古希腊神话中最著名的文化英雄，也是人类进入文明时代的象征。

回味思考

你是否觉得普罗米修斯的故事似曾相识？

素材积累

好词

杂糅　懵懂　追根溯源　无与伦比　九霄云外　一见钟情
迫不及待　后悔莫及　惦记　猖獗　悄然　久违　亵渎

好句

可潘多拉却总是被一件事折磨着，就是宙斯送给她的那个盒子。一有时间，她就会像猫围着鱼一样在盒子周围转来转去。

从黄金时代到黑铁时代

快速阅读思维导图

天神一共创造了五代人 → 普罗米修斯创造了黄金时代的人类 / 诸神用白银塑造了白银时代的人类 / 天父宙斯创造了青铜时代的人类 / 宙斯又创造了半人半神的英雄们 → 今天的人类生活在最堕落的黑铁时代

按照古希腊神话，天神一共创造了五代人。

黄金时代

最早出现的第一代人，由天神普罗米修斯创造，被称为黄金一代。

那时候，统治天国的是宙斯的父亲克罗诺斯，而莽莽大地，则是人类的王国。

大地之上四季如春，温暖的气候带来了似

锦的繁花和累累的硕果，繁茂的草地则繁衍生息着成群的牛羊。这代人劳动不重，衣食无忧，也没有大的苦恼和贫困，生活如同神仙，逍遥自在。最让人惊奇的是这代人个个长寿不衰老，临死之际，依然满头金发，一点儿不显老。

相传，到了死神降临的这一天，他们会眼皮直跳，随后就沉入安详的长眠之中。

这种幸福的人间生活持续了一亿多年，黄金一代的人类走到了尽头。这些死去的灵魂按照神示从地上消失，飞升为在云雾中来去的仁慈的天神。他们惩恶扬善，维护正义。

> **✐ 表达方式**
>
> 叙述：通过简单的叙述，描绘出黄金时代最令后世羡慕的几个特征。

白银时代

黄金时代终结之后，人类迎来了白银时代。这时，统治天空的是天神宙斯，第二代人是诸神用白银塑造的。

与第一代人相比，他们要放肆幼稚得多。孩子娇生惯养，一直躲在家中；十多岁了，个人生活还不能自理。他们害怕黑夜，害怕外界，大门之外一步之遥就是生活的最外围。他们爱哭闹，即使成家立业，也还像孩子一样，嘻嘻哈哈地逗乐。总而言之，他们长到一百多岁也还不如黄金时代八岁的小孩懂事。

不成熟和放肆的行为使白银时代的人陷入苦难的深渊，因为他们没有理性，任性妄为，无法无天地破坏天神秩序。最要命的就是这代人不敬畏神，这让天神宙斯非常恼怒，他又何必要让一个亵渎天神的种族生活在他的花园之中呢？于是他决定让这个种族彻底从大地上消失。

白银时代之人在生命终止之后，幽灵化成了魔鬼在地上漫游。

青铜时代

天父宙斯又创造了第三代人，也就是青铜人类了。这代人又是另一种天性，只吃肉，谁都不愿耗费精力去采摘果实。

相比前两代，他们的武器更先进了。他们抛弃了石头，一切器具都用青铜制造。他们的刀枪是青铜的，房屋也是青铜的，连他们的日用农具也一律是闪光的青铜。

也许是因为吃肉，这代人都高大壮实，意

志顽固得如同金刚石，而且性情粗暴、残忍无比。他们精力充沛，繁重的农活也不能让他们安睡。于是他们就互相厮杀，让鲜血流遍大地。

这样的人实在是无法无天，根本不把天神宙斯放在眼里，当然不中宙斯的意。所以青铜时代很快就结束了。这些人死亡之后，无一例外地都被投入了阴森可怕的地狱之中。

> **🔖 知识拓展**
>
> 金刚石：自然界天然存在的最硬材料，化学成分为碳，常呈八面体、菱形十二面体晶形，可分为宝石级金刚石和工业金刚石。

英雄时代

当第三代人还在可怕的冥府之中受刑时，第四代人很快就出现在了大地之上，他们也是天神宙斯创造的。

他们是神制造的英雄一代，比以前的人类更加高尚、公正和善良，被称为半人半神的英雄。

不过，他们高尚也好、公正和善良也罢，无不卷入了斗争的旋涡之中，命运极其悲惨：他们中的一部分倒在底比斯的七座城门下，为了争夺国王俄狄浦斯的王国永远地丧身在异国他乡；也有的为了一个绝世美女海伦，跨上了战船，把尸骨埋在特洛伊城外的荒野。

也许唯一能够安慰他们的，就是死后的生

> **🔖 知识拓展**
>
> 底比斯：古希腊重要城市，在雅典的西北部。特洛伊战争之前，底比斯人与阿尔戈斯人争霸迈锡尼失败，底比斯城被阿尔戈斯人破坏。直到几百年后才又强盛起来。埃及也有一地名为底比斯。

活了。当这英雄的一代结束了在尘世的战争和苦难之后，宙斯就把他们送到极乐岛上去了。那里风景优美，四季如春，肥沃的土壤给他们源源不断地提供着蜂蜜一般甜美清香的水果，他们在这片人间乐土过着神仙般的生活。

黑铁时代

怎么来描述生活之中的第五代人呢？可以说，这一代是五个时代之中最为堕落的一代人。他们因为使用黑铁锻造武器，所以被称为黑铁时代。这一代人彻底堕落，精神与思想日益败坏。每个人都充满了痛苦和罪孽，终日生活在忧虑和苦恼中，不得安宁。

诗人赫西俄德说到这些人类时，曾慨叹道："唉，如果我不是生在现今人类的第五代的话，如果我早一点去世或迟一点出生的话，那该多好啊！因为这是黑铁的时代！如今的人类正走向堕落，彻底败坏，世间充满着痛苦和罪孽。他们日日夜夜地忧虑和痛苦，永无安宁。神不断地向人们抛洒烦恼，但最大的烦恼却是人类自身带来的。父子之间互相憎恨和敌视，朋友

知识拓展·
赫西俄德：古希腊诗人，略晚于荷马，代表作为劝诫长诗《工作与时日》与神话长诗《诸神谱系》。

之间也互相憎恨。总之，人间被怨仇所困扰，即使兄弟之间也不再坦诚相见，不再充满仁爱。苍老的父母得不到怜悯和尊敬，老人备受虐待。啊，无情无义的人类啊，你们必须知道，这些行为迟早会受到神的裁决，人类为何会不顾及父母的养育之恩？为何总是强权者得势，欺诈者横行无忌？他们总在心里恶毒地计划着如何去毁灭别人的城市和家园。正直善良的人遭践踏，作恶多端者却飞黄腾达，享尽富贵。拥有美德不再受到敬重。恶毒的人侮辱善良的人，他们满口谎话，诽谤他人，制造事端。实际上，这就是这些人最大的不幸。从前至善和尊严的女神还常来地上，如今连她们也悲哀地用白衣裹住美丽的身躯，远离大地，这个世界除了绝望和痛苦，已经不再有任何的希望。"

知识拓展

对比：将正直善良的人与作恶多端的人的不同遭际作对比，用以说明社会的是非不分、黑白颠倒，表现黑铁时代的道德败坏到了无以复加的地步。

智慧点拨

在古希腊诗人赫西俄德看来，他所生活的希腊社会正处于黑铁时代，是堕落败坏，每个人都充满了痛苦和罪孽的，但在黑铁时代之前的社会却是光明美好的。这与一般认为的西方思维方式所具有的发展性、批判性、创新性截然相反，却与中国传统思维方式所具有的厚古薄今的思想倾向相近。这说明能够影响世界两千余年的文明，其本身往往是复杂而多样的，不能仅凭对其中某一部分的理解，就以偏概全地对其整体做出判断。这是我们在学习中需要特别注意的。

• 回味思考 •

世界上还有哪些传说与黄金时代到黑铁时代的传说类似？

• 素材积累 •

❤ 好词 ❤

衣食无忧　四季如春　繁衍生息　惩恶扬善　娇生惯养

成家立业　无法无天　慨叹　坦诚相见　裁决　横行无忌

作恶多端　飞黄腾达　无边无际　诽谤　事端

❤ 好句 ❤

　　人类为何会不顾及父母的养育之恩？为何总是强权者得势，欺诈者横行无忌？他们总在心里恶毒地计划着如何去毁灭别人的城市和家园。正直善良的人遭践踏，作恶多端者却飞黄腾达，享尽富贵。

被神诅咒的尼俄柏

快速阅读思维导图

尼俄柏时常夸耀自己的七子七女 →
- 尼俄柏看不起只有一子一女的赫托
- 尼俄柏阻止底比斯人祭祀赫托
- 阿波罗兄妹杀死了尼俄柏的子女
- 尼俄柏的丈夫悲痛之下自刎

→ 伤心绝望的尼俄柏变成了只会流泪的石头

在今天希腊底比斯古城遗址的山坡上，有一尊巨大的岩石样子的女子塑像。这女子面容悲伤，眼睛断断续续地流出清澈的水流，像眼泪一样。

这个雕像就是底比斯王后尼俄柏。

传说，尼俄柏是坦塔罗斯的女儿。父女二人各有一个缺点：坦塔罗斯的缺点就是爱慕虚荣，常常在人前吹牛，女儿则十分骄横。当然了，坦塔罗斯有虚荣的资本：在被打入地狱之前，

知识拓展

坦塔罗斯被打入地狱：一说因其窃取神食给凡人，一说因其用儿子的肉宴请众神，一说因其窃取宙斯神庙中的物品而被打入冥界永受饥渴之苦。

他经常出入天神宙斯的宴会。尼俄柏也有可以骄傲的权利，要知道，她的丈夫安菲翁是底比斯的国王，统治着一个强大无比的国家；她本人也是有名的美女，当年是许多翩翩少年的偶像。不过，她的七个英俊魁梧的儿子和七个漂亮迷人的女儿，才是她最值得夸耀的。

本来，尼俄柏夸耀儿女，其他人也都纷纷点头。毕竟她的这七对儿女太优秀了，不得不让人羡慕尼俄柏的好福气，于是便顺着尼俄柏，夸耀她的儿女。这些话让尼俄柏如饮醇酒，一天不喝就郁闷，同时，她自信心大涨，竟然把自己和神祇相提并论，觉得自己比赫托还要高贵。她觉得赫托只是和宙斯结合，生了阿尔忒弥斯和阿波罗姐弟而已。论起来，宙斯还是自己的祖父。赫托才生了两个子女，可自己却生了七儿七女，儿子个个英俊潇洒，女儿个个貌美如花。她想不明白，为什么世界上这么多愚人竟然祈祷跪拜赫托，而忽视了她这位高贵端庄的王后。真是瞎了眼！

许多人都知道了王后对赫托的鄙视。安菲翁是一个神祇的信徒，他私下里规劝妻子："亲爱的尼俄柏，你为什么要把自己和女神相比，襲渎神灵呢？你要小心，谨慎神的惩罚！"

听完丈夫的话，尼俄柏非常恼火，她把丈夫大骂了一顿。可是谁知道，安菲翁的话很快就应验了。

这天，底比斯城的人们祭祀女神赫托和她的子女。女神带着自己的一对儿女，来到了铿托斯山顶。底比斯城的妇女都拥了出来。可在祭祀到了高潮的时候，光彩照人的尼俄柏站了出来，她大声说："你们疯了吗？竟然相信一个无耻的骗子！这一切真是太愚蠢了。我不知道你们为什么朝拜一个根本不了解的女神赫托，却不相信站在你们面前的这个人。与其把祭品献给赫托，还不如向我顶礼膜拜！我的父亲是赫赫有名的坦塔罗斯。我有七儿七女！那个赫托，一个不知名的女神，一共才生了两个孩子，才是我的七分之一。我感到自己强大得连命运女神都对我无能为力！你们赶紧撤掉祭品！回家去伺候丈夫才是你们最正当的工作。再不要让我看见你们做这类蠢事！"妇女们遵命回去，这场神圣的祭祀被搅乱了。

赫托气得浑身发抖，她对自己的儿女说："孩子们，你们看到这个狂妄的女人了吗？你们必须保护我，否则就没人朝拜我了。至于怎么惩罚那个女人，你们自己决定！"

话完，女神掉头走了。太阳神问姐姐："这个坏女人欺负我们的母亲。你打算怎么惩治她？"

"她不是夸耀自己有七儿七女吗？把他们杀了，一了百了。"太阳神同意了这个安排。兄妹二人都隐身在云层背后，随时等候着机会。

底比斯城外，尼俄柏的七个儿子正在那里嬉戏。长子正骑着快马奔驰，突然，一支飞箭射中他的心脏，他从马上跌落下来。次子看到身后的飞箭正向自己射来，伏鞍便逃，可还是被飞箭正中后背，当场毙命。另外三个儿子也被飞箭一一射死。第六个儿子被射中膝盖，当他弯腰拔箭时，第二箭从口中穿过，倒地而亡。幼子还是个孩子，他目睹了这一切，跪在地上，伸出双手哀求神明。他的哀求尽管打动了可怕的射手，可射出的箭却收不回来了。最小的儿子也倒在地上死了。

不幸的消息很快传遍全城。国王安菲翁听到噩耗，悲痛之下拔剑自刎。受到严重打击的尼俄柏昏了过去，当她醒来后，看到的只有丈夫和儿子那冷冰冰的尸体。巨大的悲痛压抑着她的喉咙，她低声喊道："赫托，你这个恶女人！我的儿子都死了，你该满足了吧？"

知识拓展

语言描写：尼俄柏纵然有过错，但其子女何其无辜！阿尔忒弥斯以如此轻描淡写的口吻说出如此残忍的话，可见人之于神，万般渺小！

尼俄柏明白了神的威严，可是一看到身边的七个女儿，心里的愤怒冒了出来："赫托，你这个恶魔。来吧，我死了七个儿子，可是我还有七个女儿。继续杀吧！我们家族的人从来都不害怕。我哪怕只有七个女儿，可是还比你多！"

话没说完，一声弓弦急响，站在棺木边的大女儿倒下了。随后，又是几声让人惊悚的弓弦之声。她的七个女儿都死了。最小的那个女儿躲在母亲的怀里却依然没能逃过，死不瞑目。

尼俄柏坐在丈夫和儿女的尸体中间，伤心得失去了知觉，两眼直愣愣地注视着灰暗的天空，杀人凶手早就不见了。尼俄柏一直注视着天空。她的生命慢慢离开了躯体，变成了一块冰冷的石头，只有眼睛里不断地淌着眼泪，倾诉着她心中无尽的悲伤。

古希腊文明是古地中海文明的一个分支，因此在长期的历史发展中，与地中海其他地区的文明有着长期的相互影响，希腊神话中的许多神也并不是希腊本土产生的。如尼俄柏和赫托均来源于今土耳其的小亚细亚半岛，这也是阿波罗兄弟在特洛伊之战中站在特洛伊人一方的原因。而两人相争的神话则是两位女神崇拜的竞争的反映。

回味思考

看过尼俄柏的故事后，你有什么感想？

素材积累

好词

清澈　爱慕虚荣　骄横　英俊魁梧　如饮醇酒　相提并论
规劝　顶礼膜拜　无能为力　毙命　噩耗　死不瞑目

好句

这些话让尼俄柏如饮醇酒，一天不喝就郁闷。

她的生命慢慢离开了躯体，变成了一块冰冷的石头。

法厄同

快速阅读思维导图

法厄同是太阳神赫里阿斯的儿子 → 法厄同求父亲让自己驾一次太阳车 / 赫里阿斯不得已同意法厄同的要求 / 拉太阳车的马失控使人间大旱 / 宙斯用闪电将太阳车击落 → 法厄同坠落的轨迹变成了银河

埃及王后克吕墨涅是太阳神赫里阿斯的情人，他们生了一个儿子名叫法厄同。法厄同有时同母亲克吕墨涅生活，有时去父亲的宫殿。

这天，他来到父亲的太阳神宫，但他不敢太靠近，因为受不了父亲身上那炙人的热光。

赫里阿斯见到儿子十分高兴，但法厄同却气冲冲地问："父亲，我是不是您的亲生儿子？"

太阳神非常吃惊，不知道儿子为什么会问这么尴尬的问题，便回答道："你当然是我的儿子。"

🌀 知识拓展

法厄同：意为"熊熊燃烧"。

"那为什么总有人嘲笑我，说我不是天神之子？我为什么还要叫另一个人父亲呢？别人的父母都在一起生活，为什么你住在天上，而母亲却躺在别人的床上呢？你能证明我是你的儿子吗？"

赫里阿斯收敛了身上的万丈光芒，走过去抱住儿子，说："你要不是我儿子，我会让你在宫殿里自由来去吗？为了证明你是我儿子，你今天提出什么要求，我都不会拒绝！"

法厄同高兴地跳了起来。如此这般，就是为了得到父亲的这句话。因此，父亲话音一落，他立即就说："太好了，父亲！我一直以来都有一个小小的愿望，希望能驾驶一次您的太阳车！"

听了这个只有狂人才会提出的要求后，赫里阿斯面露难色。但他既然做了轻率的许诺，也就不得不满足儿子的愿望了。

炽热的太阳车套上四匹烈马，法厄同握紧了缰绳。赫里阿斯叮嘱儿子说："儿子呀，一定要小心谨慎，这几匹公马不好驾驭。千万要紧握缰绳，别鞭打马儿。否则，你会后悔莫及。"

"不会的，父亲。我力大无比，机灵过人。在竞技大会上很多竞技名将都不是我的对手。"

赫里阿斯答道："法厄同，你力气虽大，但

从没驾过这样的车子。不要太自信，要当心！"

不知不觉中，天已破晓，星星一颗颗隐没，新月的弯角也消失在天边。法厄同好像没有听到父亲的话一样，跳上车子，一把抓住缰绳。马蹄踩动，群马嘶鸣着冲破拂晓的雾霭。

跑了一阵，马就感觉套在颈间的轭具轻了许多，车身在空中颠簸摇晃。这些马早就不耐烦缰绳了，它们离开了轨道，撒欢儿奔跑起来。

法厄同感到一阵战栗。他不知道朝哪一边拉缰，也找不到来路，更无法控制撒野的马匹。他发现自己高悬在空中，紧张得脸色发白，双膝发抖，手中的缰绳也松掉了。马匹却非常高兴，在空中漫无边际地乱跑，有时触到了恒星，有时又险坠山谷。它们掠过云层，在空中低飞。云彩直冒白烟；大地因灼热而龟裂，水分全蒸发了；草原干枯，森林起火，大火蔓延到了平原；耕地成了沙漠；大海急剧凝缩，浅海海底成了干巴巴的沙砾；赤道那里的人皮肤都被烧黑了。

陷于困境的人类走投无路，只好求助于宙斯。宙斯发现了灾难的原因，立即从奥林匹斯山上击出一道电光，法厄同应声落地。他的身躯着火，头朝下跌落，坠落进厄里达诺斯河里，燃

知识拓展

厄里达诺斯河：希腊神话中极北或极西地区的河流，赫拉克勒斯曾在这里向自然女神问路，阿耳戈英雄取金羊毛时也曾经过这条河。在古希腊晚期的神话中，冥界也有一条河，名为厄里达诺斯河。

烧的头发化为流星，掉落的轨迹成了银河，太阳车的两个轮子掉落，变成了南极圈和北极圈。

赫里阿斯是希腊神话中阿波罗之前的太阳神，也是希腊第四大岛罗德岛的民族神，而阿波罗是小亚细亚的神，二者经过长期融合，逐渐合二为一，这也是希腊神话变化的历史体现。

回味思考

对于法厄同的行为，你有什么看法？

对于赫里阿斯的轻率许诺，你怎么看？

素材积累

❥ 好词 ❥

尴尬　轻率　许诺　破晓　拂晓　雾霭　撒欢儿　战栗
漫无边际　龟裂　走投无路　应声　轨迹

❥ 好句 ❥

不知不觉中，天已破晓，星星一颗颗隐没，新月的弯角也消失在天边。

阿耳戈英雄传说

快速阅读思维导图

伊阿宋想从叔叔那里夺回王位 →

- 叔叔要伊阿宋以金羊毛换取王位
- 伊阿宋等英雄乘阿耳戈号出发
- 美狄亚帮助伊阿宋取得金羊毛
- 得到金羊毛的伊阿宋并未夺回王位

→ 美狄亚因伊阿宋的背叛在复仇之后离去

只穿一只鞋的伊阿宋

爱俄尔卡斯国王克瑞透斯死前想将王位传给儿子埃宋，但埃宋的弟弟珀利阿斯篡夺了王位。埃宋死后，他的儿子伊阿宋逃到喀戎那里，并在喀戎的训练下成了一位英雄。篡夺了哥哥王位的珀利阿斯心中总是不安，便去神托所请求神谕，神谕警告他要提防只穿一只鞋的人。

知识拓展

神托所：古地中海地区专门请求神谕的地方，其中有专门传达神谕的祭司。

伊阿宋二十岁时动身返回故乡，准备向珀利阿斯讨回王位。他带了两根长矛，一根用来投掷，一根用来刺杀。他身上穿着豹皮，柔顺的长发披散在肩上。

途中，他经过一条大河，帮助一位老妇人过河时，一只脚踩在泥淖里怎么也拔不出来，无奈之下他只得扔掉了那只鞋，赤着一只脚赶路。

当伊阿宋来到爱俄尔卡斯的市场上时，珀利阿斯正在这里向海神波赛冬献祭。市场上的人们纷纷被伊阿宋的英俊魁梧所吸引，以为是阿波罗或阿瑞斯降临到人间。就连忙于献祭的珀利阿斯看到他，也不禁吃了一惊，尤其是这个外乡人只穿了一只鞋。

当神圣的祭祀仪式完毕后，珀利阿斯立即朝这个外乡人走去，尽量装作若无其事地询问他是谁，从哪里来。

伊阿宋坦率地说，他的父亲就是埃宋，自己从小在喀戎的山洞里长大。现在他回来了，想看看父亲的国家。珀利阿斯无比亲切地接待了他，但他心中已经充满了惊恐与不安。他派人带伊阿宋到宫殿内到处看看。伊阿宋以渴慕的目光打量着父亲的旧居，内心感到很满足。

接连五天，伊阿宋的亲戚们都在欢宴庆祝他们的重逢。第六天，伊阿宋离开了自己居住的帐篷，来到国王珀利阿斯的面前。伊阿宋谦和地对叔父说："国王哟，您知道，我是合法君王的儿子，你所占据的一切本是属于我的，但我并不为此而计较，你还可以拥有现在的羊群、牛群和土地，尽管这些都是你从我父王那儿夺去的。我只要讨回我父王的权杖和王位。"

珀利阿斯假装镇定地说："我愿意满足你的要求，但你也必须答应我的一个请求，到科尔喀斯的国王埃厄忒斯那儿去取回金羊毛。这事本该我去做，但我因为年迈体衰，已经无力做这件事了，因此现在只得把这光荣的使命交给你了，你可以从中获得无上的荣誉。当你带回那些宝贵的战利品时，你就能得到权杖和王位。"

> **知识拓展**
>
> 科尔喀斯：小亚细亚半岛一地名，位于高加索山以南。

阿耳戈号

金羊毛是什么？

那还要从玻俄提亚国王阿塔玛斯的儿子佛

45

里克索斯说起。

　　佛里克索斯受尽了父亲的宠妾伊诺的虐待。他的生母云神涅斐勒为了搭救儿子，在女儿赫勒的帮助下，把儿子从宫中偷了出来。她让儿子和女儿骑在长着双翅的公羊背上。

　　这公羊的毛是纯金的，它是涅斐勒从众神的使者、亡灵接引神赫耳墨斯那儿得到的礼物。金羊驮着姐弟俩腾空而起，他们身下是一片陆地和海洋。

　　姐姐赫勒向下望时突然感到一阵眩晕，从羊背上坠落下去，掉在海里淹死了，只有弟弟佛里克索斯平安地到达了黑海沿岸的科尔喀斯，受到国王埃厄忒斯的热情接待，并把女儿卡尔契俄珀许配给他。

为了感谢神灵的庇护，佛里克索斯宰杀了金羊祭献宙斯。他把金羊毛作为礼物献给了岳父埃厄忒斯。国王又将它转献给战神阿瑞斯，把它钉在纪念阿瑞斯的圣林里，并派一条喷火的巨龙看管，因为神谕警告过他，他的生命将跟金羊毛紧紧地联系在一起，一旦金羊毛丢失，他的生命也将结束。

长久以来，希腊流传着种种关于金羊毛的传说，它已经被视为稀世珍宝，许多英雄和君王都想得到它，珀利阿斯也不例外。所以，他极力鼓励伊阿宋去取回这件宝物，就算不成功，也能除掉一个敌人。伊阿宋欣然答应了。

希腊许多著名的英雄都被邀请参加这次英勇的壮举。希腊著名的建筑师阿耳戈在佩利翁山脚下，在雅典娜女神的指导下，用一种泡在海水里却不会腐烂的坚木造了一条气派非凡的大船，共有五十支船桨。大船被命名为"阿耳戈号"。

这是希腊人制造出的最大的一艘船。帆具用多多那神殿前的一棵会说话的栎树作为木料

47

制成，这也是雅典娜女神所赐。大船两侧还装饰着富丽的花纹板，但这丝毫没有增加船的重量，英雄们甚至可以把它扛在肩上运走。

大船完工后，伊阿宋拜祭了海神波赛冬，所有的英雄都在船中就位了，伊阿宋一声令下，五十支船桨一起划动，大船如同离弦之箭在海浪中乘风前行。

英雄们充满着自信与勇气，驶过了海岛和山峦。

他们在路上救了英雄阿革诺耳的儿子菲纽斯，他曾蒙阿波罗传授预言的本领。在这位年迈国王的指引下顺利渡过诸多艰险，并在狄亚

岛救起四个遭遇海难、赤裸无助的人，他们正是佛里克索斯与卡尔契俄珀之子。在离开狄亚岛的那天晚上，他们到达了科尔喀斯海滨。

埃厄忒斯与美狄亚

在到达科尔喀斯海滨的第二天清晨，伊阿宋对英雄们说："我有个建议，大家先留在船上等候，不过要随身携带武器，以便应战。我想先带着卡尔契俄珀之子前往埃厄忒斯的宫殿。我先以礼待他，问他是否愿意把金羊毛交给我

表达方式

叙述：先礼后兵，伊阿宋不是有勇无谋之辈。

们。当然，他肯定会拒绝，但他必须为以后的一切负责。谁知道呢，或许我们还能使他改变主意。佛里克索斯不就是一个很好的例子吗？埃厄忒斯曾经被人说服，同意收留无辜的佛里克索斯。"

英雄们同意伊阿宋的建议。于是，伊阿宋手持赫耳墨斯的和平杖登上了河岸。科尔喀斯民族人数众多。为了让伊阿宋等人不被当地人发现，雅典娜女神降下浓雾把他们遮掩起来。直到他们进入宫殿后，雾才慢慢消散。

他们站在宫殿的大门内，那坚厚的宫墙、威严的大门和壮观华美的立柱都令他们惊讶不已。

他们悄悄地向宫殿深处走去，眼前出现了爬满葡萄藤的亭子和四股流淌的喷泉。这个神奇的喷泉不仅能喷出牛奶，还能喷出葡萄酒和香油，最后一股喷出冬暖夏凉的水。

伊阿宋和伙伴们由前院走进中院，只见两旁的廊柱从左右分开，通往许多宫室和林荫道。阿耳戈英雄们往前走时，看到几座宫殿。

国王埃厄忒斯、他的儿子阿布绪米托斯、国王的女儿卡尔契俄珀和美狄亚分别住在这些宫殿中。

小女儿美狄亚是赫卡忒神庙的女祭司，通常住在神庙里。但这天早晨，希腊的保护女神赫拉却使她留在了宫殿里。正当她要离开自己的房间去姐姐那里时，这些英雄们突然出现在她的面前。她不由得惊叫起来，卡尔契俄珀急忙开门出来，却惊喜地欢叫起来，因为她看到面前站着自己的四个儿子。母子团聚，真是悲喜交加。

国王埃厄忒斯和王后厄伊底伊亚也被惊动，闻声赶来。

不一会儿，王宫内挤满了人，一片欢声笑语。奴仆们立刻为客人宰杀大公牛。正当大家都在忙碌的时候，爱神却悄悄地飞临王宫的上空，他从箭袋中抽出一支箭，接着悄无声息地降落下来，站到伊阿宋的肩头，然后瞄准美狄亚。谁也没有发现那支飞箭，甚至连美狄亚也没看见，她只觉得心中仿佛钻进了一头小鹿，心被撞击得怦怦直跳，当她偷偷地抬头注视着伊阿宋时，她的脑中一片空白，心中充满甜蜜的痛苦，脸上布满了花朵般的绯红。

人们忙碌着，没有人发现美狄亚的变化。席间，埃厄忒斯的外孙向大家讲述了途中的遭

知识拓展

赫卡忒：古代东方的女神，后传入希腊。在希腊神话中是泰坦神的女儿。在不同的历史时期有不同的职责，但都很有威力，是幽灵、噩梦与魔法之神。人们每月给赫卡忒上一次供品，名为赫卡忒的晚餐，以清除罪恶，其中必须要有狗肉。在中世纪和近代被视为妖魔鬼怪的庇护者，在雅典几乎家家供奉赫卡忒像。

遇，国王乘机向他打听这些外乡人的来历。

"我不想欺骗您，外祖父，"卡尔契俄珀之子阿耳戈斯低声对他说，"他们是为了得到金羊毛才来的。有个国王派给他们这个危险的任务，希望这批英雄会惹起宙斯的愤怒。雅典娜女神帮他们建造了一条无比坚固的大船，这船经得起惊涛骇浪。船上云集了全希腊的英雄们。"

国王大吃一惊，认为是外孙们引来了这些外乡人，国王眼睛里喷射出怒火，大声呵斥外孙说："你们这群叛徒，快滚，别再出现在我面前！你们肯定是冲着我的王杖和王位而来。要不是你们远道而来，我今天绝不会饶恕你们！"

伊阿宋口气委婉地对国王说："请放心，埃厄忒斯，我们并不会夺取你的王位和国土。你想，谁愿意千山万水，经历险恶的航程，前来夺取别人的财产，让自己致富呢？是可怜的命运和暴君的命令使我不得不踏上这条路。如果你能把金羊毛送给我，你将会得到全希腊人的赞美，我们也一定会报答你。无论何时，只要你遇上战事，我们一定会成为你的盟友，为你而战！"

伊阿宋说这些话本想和国王和解，但国王此时却什么也听不进去，他只是暗暗思忖究竟

52

是即刻把他们杀死，还是先试试他们的力量。

最后，他觉得后一个办法比较稳妥，于是平静地说："朋友们，假如你们真是神祇的子孙，那么一定有本事把金羊毛取到。我欣赏勇敢的男子汉，愿意把一切都赏赐给你们。可是你们必须首先向我展示你们的能耐。我有两头神牛在阿瑞斯的田地里吃草：它们生着铜蹄，鼻中喷火。这两头牛为我耕地，当土地全耕好后，我会在垄沟里播种下可怕的龙牙。晚上收获时，毒龙的子孙会从四面八方朝我涌来，我必须挥动长矛，把他们一个个刺倒在地。每天清晨，我给神牛套上轭具耕种，直到晚上我才能休息。外乡人，如果你能够像我一样，在一天之内把这些事做完，那么你就可以拿走金羊毛。否则你们就无法得到。"

伊阿宋很矛盾，因为他不敢贸然答应做一件没有把握的事。再三思量后，他坚定地说："不管这任务多么恐怖，我都愿意经受考验。尊贵的国王，我愿意为此而牺牲生命。对任何一个普通人来说，难道还有比这更糟糕的吗？命运之神让我来到这里，我愿意听从神的安排。"

"好吧，"国王说，"你可以去告诉你的同伴们，但一定要慎重！如果你无法完成任务，那

> **表达方式**
>
> 心理描写：从"不敢贸然答应做一件没有把握的事"和"再三思量"可以看出，伊阿宋是一个十分谨慎的人；而从"坚定"可以看出，他又是一个决定后就不轻易动摇的人。

么我劝你还是尽快离开这里！"

这是一个艰巨的任务，但在陷入爱情的美狄亚的帮助下，阿耳戈英雄们还是完成了。

美狄亚的深情，让伊阿宋也深深地爱上了美狄亚。他向美狄亚发誓，除了死神，谁也不能把他们分开！当美狄亚沉浸在甜蜜和幸福中的时候，赫拉已把跟随伊阿宋到希腊去的渴望深埋在她的心底。

智取金羊毛

宫里灯火通明，国王埃厄忒斯和贵族在宫中彻夜商议，如何才能战胜阿耳戈英雄。国王已经知道是女儿帮助了伊阿宋。赫拉女神看到伊阿宋即将面临危险，就使美狄亚的内心充满疑惧。美狄亚预感到父亲已经知道是她提供的帮助，思前想后，决定背叛父王，远离故乡。

"再见了，亲爱的母亲。"美狄亚披头散发，满脸泪水，她自言自语，"再见了，卡尔契俄珀姐姐，再见了，父亲的王宫！唉，外乡人啊，要是世界上根本就没有你，要是你还没来到科尔喀斯就已葬身大海，那该多好啊！"

美狄亚如同一名越狱的囚徒，匆匆忙忙地离开了她父亲的宫殿。她念着咒语，宫殿的大门便自动打开了。她赤着脚轻捷地穿过一条条窄小的街道，左手拉着面纱将自己的脸严严实实地遮着，右手提住拖在地上的长袍，免得走路时受到影响。城门的守卫没有认出她来。不一会儿，她来到城外，从小路上走到神殿。当她走向海岸时，终于看到了阿耳戈英雄们为庆祝伊阿宋的胜利而通宵燃烧的篝火，这指引着她飞快地走向大船，呼唤着伊阿宋。

"救救我吧！"美狄亚急切地叫道，"一切都暴露了，我背叛了父王。在我的父亲还未追来之前，快逃跑吧！我会再帮你们取得金羊毛，我决定用催眠术将恶龙送入梦乡，你们就可以取走金羊毛。不过你，外乡人啊，你可得当着众英雄的面，向上天发誓，当我孤身一人到了你们那遥远的国土时，你必须保证维护我的尊严！"

伊阿宋听后心里一阵欣喜，他轻轻地把姑娘从地上扶起来，抱住她，说："亲爱的，让主宰婚姻的宙斯和赫拉做证，我愿意把你当作我的合法妻子带回家乡！"他发完誓，把自己的手放在她的手中。美狄亚内心的焦灼一扫而

表达方式

语言描写：不知十年后的伊阿宋还能不能记起此刻的誓言，若能记起来，又会作何感想。

光，取而代之的只是幸福，以及如何帮助伊阿宋。于是，英雄们日夜兼程划船去圣林，伊阿宋和美狄亚则走另一条小路。

在伊阿宋和美狄亚赶到圣林时，远远就看见那棵高大的栎树上挂着的金羊毛在黑夜中熠熠生辉，对面不眠的恶龙仍然毫无倦意地看守着。它一见来人，便警觉地伸长脖子，朝他们迅速游来，并发出一阵阵可怕而又尖利的吼叫，河岸和树林里响起一阵阵沉闷而又凄凉的回声。美狄亚毫不畏惧地迎上去，念动催眠咒语，请求那些最有威力的睡神们帮助她呼唤恶龙入睡。同时，她又祈求伟大的地狱女神赐福给她，帮助她实现自己的计划。伊阿宋看着这一切，心里非常恐惧。但这时，毒龙已在美狄亚魔幻般的催眠歌中昏昏欲睡，弓起的背垂了下来，盘旋的身子也慢慢地伸展开来。只有那颗丑恶的脑袋还高高昂起，并张开血盆大口，好像要吞食步步走近的两个人。美狄亚勇敢地上前一步，把魔液洒在巨龙的眼睛里。顷刻，一股异香直扑龙鼻。现在，它闭着嘴，伸直了身体，躺在树林里，沉沉地睡了过去。

按照美狄亚的吩咐，在她用魔油涂抹巨龙

额头的时候，伊阿宋连忙从栎树上取下金羊毛。然后，两个人迅速逃离阿瑞斯树林。

伊阿宋把金羊毛搭在肩膀上，这宝物从他的脖子一直垂到脚跟，宝物闪着金光，把夜间的小路照得通明。随后他连忙放下金羊毛，把它卷起来，害怕有人或神灵抢走这件宝物。

他们在清晨回到了船上。

看到他们平安归来，同伴们非常高兴，都围着两人问长问短，并想用手摸一摸金羊毛。但伊阿宋并没有答应，只是将它用一件新斗篷盖住。然后，他又给美狄亚在后舱铺了一张舒服的床，并对朋友们说道："亲爱的朋友们，现在让我们起锚返航，胜利回乡！由于这位姑娘的倾力相助，我们终于完成了使命，立下了功绩。现在，我要把她平安地带回家乡，娶她为妻。一路上请大家帮我好好照顾她，我知道事情还没有结束，埃厄忒斯一定会带领人追上来阻挡我们的归路。所以让我们一半人划桨，另一半人持矛执盾，准备迎敌，打退他的进攻。"说完，他挥剑砍断缆绳，大船箭一般地朝着河流的出海口驶去。

💡 表达方式

叙述：没有同伴们的帮助，伊阿宋就不可能到达科尔喀斯，不可能遇到美狄亚，更不可能得到金羊毛，但他却如守财奴小心藏起财宝一般不让人摸，总让人觉得此人不够光明磊落。

伊阿宋的结局

可悲的是，尽管伊阿宋为了王位历经千难万险，并把美狄亚从她的父亲那里夺走，但他并没得到爱俄尔卡斯的王位，他不得不把王国让给珀利阿斯的儿子阿卡斯托斯，自己带着年轻的妻子逃往科任托斯。

在这里，他们度过了平淡而又幸福的十年。美狄亚为他生下3个儿子。然而光阴匆匆催人老，美狄亚青春的身体和美丽的容貌已在岁月的流逝中渐渐消残，她已年老色衰，于是伊阿宋将对她的爱情转移到了科任托斯那年轻漂亮的公主格劳克身上。伊阿宋瞒着美狄亚向格劳克求婚。没想到，国王竟爽快地答应了婚事，并定下了婚期。

直到这时，伊阿宋才打定主意，要说服妻子美狄亚解除婚姻。他依然信誓旦旦地说，那是为了孩子们的前途和命运着想。美狄亚怒不可遏，但伊阿宋不顾这些，还是准备与国王的女儿结婚。美狄亚彻底绝望了。她正在宫中愤怒地徘徊时，伊阿宋的新岳父、科任托斯国王克雷翁向她走来。

"你竟仇恨你的丈夫！"克雷翁生气地说，"立即带着你的儿子，离开我的国家！"

美狄亚压住心中熊熊燃烧的怒火，平静地说："你为什么怕我作恶呢，克雷翁？你看中了那个男人，就把女儿嫁给了他，我为什么要怪你呢？我只是仇恨我那不争气的丈夫。"

由于克雷翁看到她的眼里充满了仇恨，不管美狄亚怎么说，他也不相信她的话。美狄亚无可奈何，只好请求他延缓一天，以便她为孩子们找到容身之所。国王考虑了一下说："我并不是一个薄情寡义之人，但有许多次由于我的怜悯和宽容，愚蠢地做了让步，结果只是给自己带来灾祸。现在也是这样，我感到宽限你一天并非明智之举，可是，我还是让你这么办吧。"

听了这话，美狄亚的心中有了一丝希望。她试图做最后一次努力，劝丈夫回心转意。她走到他面前说："你背叛了我，现在又另寻新欢，连自己的孩子都弃之不顾。想想以前我们相濡以沫、并肩作战的日子，想想曾经那些海誓山盟，难道这一切仅仅是虚幻的图画和动听的言辞吗？现在，我把你当作朋友一样问你，你要我到哪里去呢？难道你想把我送回我父亲那里？我为了你才背弃了他，你难道忘了吗？"

但伊阿宋毫无触动，只是答应给她和孩子们一笔钱，并写信给朋友们让他们收留她。

美狄亚语气温和地对他说："我们流亡到此，身份卑微、一无所有，你想通过一场新的婚姻改变你的命运，这也是我和孩子的光荣。好吧，你可以让孩子们跟继母的孩子们一起生活。我想，你们一定会生儿育女的。我原谅你！"

伊阿宋以为美狄亚原谅了自己，喜出望外。美狄亚从自己的储藏室里取出许多珍贵的金袍，让伊阿宋把它作为礼物送给新娘。没人知道这些华贵美丽的衣袍都是用浸透了魔药的料子缝制的。就在格劳克贪婪地将斗篷披在身上，又把金色的花环套在头上，喜不自胜地在镜子前欣赏着这些衣装时，痛楚也向她袭来，随之她脸色灰败，四肢痉挛地栽倒在地，双眼上翻，口吐白沫。这时，她头上戴的花环又突然起了火，火焰烤得她皮肉吱吱作响。当国王跟跟跄跄地赶到时，格劳克的尸体已被烧得变了形。在悲伤和绝望中，国王扑向女儿，可他也中了那件漂亮衣服上的剧毒，死了。

表达方式

心理描写：已经变心的人不仅将过去的情爱抛诸脑后，也将过去的恩义忘得一干二净。对一个已经不再关心自己的人，美狄亚要怎样让他回心转意呢？

61

美狄亚听说之后，如同复仇女神一般，目光狂野、衣衫凌乱地奔向孩子们的卧室。

知识拓展

复仇女神：厄里倪厄斯，母系社会中母系亲族的保护神，追究惩罚违背誓约、杀害母系亲族的人，会使犯罪者发疯、遭受灾难。

当伊阿宋想要为年轻的新妇向美狄亚报仇时，却听到孩子们凄厉的惨叫声，他的儿子悲惨地倒在血泊中，像献祭的供品一样被杀害了。突然，空中传来阵阵声响。他抬起头来，看到美狄亚坐着用魔法召来的龙车升上了天空，离开了她用一切手段复仇的人间。伊阿宋眼睁睁地看着那个昔日的贤妻良母，自己却无法惩罚她。在爱恨交织与难以忍受的自责中，他拔剑自刎，死在了自己家的门槛上。

智慧点拨

神话一般可分为三种类型：开辟神话、自然神话和英雄神话。在希腊神话中数量最多的就是英雄神话，这类神话的产生比前两者稍晚，表达了人类反抗自然的愿望；同时，也可说是人类某种劳动经验的概括总结。在这一时期，原始人类已经不再对自然界怀揣极端恐惧的心理，开始把具有发明创造才能或做出重要贡献的人物加以夸大想象，塑造出具有超人力量的英雄形象。这些英雄在拥有超越凡人的力量的同时，却也有着与凡人相同的缺点。

这一点在伊阿宋的身上表现得十分明显。

美狄亚是希腊神话中最强大的巫女,全心全意地爱着伊阿宋,而且对他有过巨大的帮助,但依然遭遇了背叛,她的这一遭遇也是雅典奴隶民主制衰落时期,女性日益沦落为男性附属品的历史现状的表现。

回味思考

对于伊阿宋与美狄亚这两个人物,你有什么看法?

素材积累

好词

篡夺　泥淖　若无其事　惊恐　渴慕　年迈体衰　眩晕

稀世珍宝　气派非凡　离弦之箭　冬暖夏凉　悲喜交加

悄无声息　惊涛骇浪　千山万水　思忖　贸然　灯火通明

日夜兼程　熠熠生辉　年老色衰　信誓旦旦　怒不可遏

好句

正当大家都在忙碌的时候,爱神却悄悄地飞临王宫的上空,他从箭袋中抽出一支箭,接着悄无声息地降落下来,站到伊阿宋的肩头,然后瞄准美狄亚。谁也没有发现那支飞箭,甚至连美狄亚也没看见。

伊利亚特

快速阅读思维导图

赫拉因金苹果要报复特洛伊与帕里斯	→	帕里斯抢走斯巴达王后海伦	→	希腊人半夜从木马中冲出灭掉特洛伊城
		希腊与特洛伊因海伦而开战		
		双方相持十年未分胜败		
		希腊人借人造木马混入特洛伊城		

厄里斯的金苹果

英雄珀琉斯与海洋女神忒提斯结婚了。他们的婚礼邀请了所有的神，除了<u>不和女神厄里斯</u>。厄里斯十分不忿，于是在婚宴上留下一份贺礼——写着"送给最美的人"的金苹果。

天后赫拉、智慧女神雅典娜及爱神阿佛洛狄忒都认为自己才是最有资格拥有这个金苹果的人。三位女神争执不下，而天神宙斯不肯做裁决。于是她们找到了特洛伊王子帕里斯。

帕里斯觉得三位女神都非常美丽，很难判断哪一位最美丽。

三位女神中最骄傲也是身材最高大的一个对他说："我是赫拉，宙斯的姊妹和妻子。如果你把金苹果判给我，那么我就让你成为世界上最富有的国家的国王。"

"我是智慧女神雅典娜。"第二位女神说，她的前额宽阔明净，美丽的脸上一双蔚蓝色的眼睛，"假如你判定我最美丽，那么，你将以人类中最富智慧者而出名"。

第三位女神一直以美丽的眼睛在同他说话，这时才微笑着开了口："不要受甜言蜜语的诱惑，那些许诺是靠不住的。我愿意送给你爱情，它会带给你快乐，使世界上最漂亮的女子成为你的妻子。我是阿佛洛狄忒，专司爱情的女神！"

阿佛洛狄忒说这番话时用上了她的神力，使她显得更加光彩照人。帕里斯终于认定自己以为最美的女神，他把那个金苹果递给了阿佛洛狄忒。爱情女神微笑着接过金苹果，赫拉和雅典娜恼怒地转过身去，发誓永远不忘记今天

知识拓展

特洛伊：小亚细亚赫勒海峡岸上斯卡曼德洛斯河河谷中的城市，始建者为伊罗斯。伊罗斯在竞技会上赢得了五十对童男童女和一头花牛，他按照宙斯的意旨，跟着花牛走，在花牛卧下的地方建城，即为特洛伊城。

the耻辱，一定要向他、向他的父亲和所有的特洛伊人报复，让他们毁灭。尤其是善妒的赫拉，从此以后成了特洛伊人的仇敌。

阿佛洛狄忒又庄严地重申了她许下的诺言，并深深地向帕里斯祝福，然后离开了他。

后来，帕里斯娶了河神的女儿俄诺涅为妻，他很爱自己的妻子，两个人生活得很幸福。

美女海伦

不久，帕里斯的父亲普里阿摩斯委派帕里斯去完成一件大事。但帕里斯没想到，这一去，将会得到爱情女神许给他的礼物。

帕里斯到达斯巴达的时候，国王墨涅拉奥斯恰好外出访问，只有王后海伦留在王宫中。海伦是宙斯的女儿，是世界上最美丽的女子。

在丈夫外出的日子里，海伦孤单地住在宫殿里，百无聊赖地打发着时间。当她听说有一位异国王子正率领着舰队到来的时候，受好奇心驱使，她想去看看这位王子和他的武装随从。

于是她准备在阿尔忒弥斯神庙里举行隆重的献祭。当她走进神庙时，帕里斯刚好完成了

知识拓展

斯巴达：伯罗奔尼撒半岛的一座古城，今希腊拉科尼亚州的首府。传说是由宙斯之子拉刻代蒙兴建的，拉刻代蒙娶欧罗塔斯之女斯巴达为妻。这座城市就是为了纪念他的妻子而建。

67

他的献祭。他抬起头看到迎面走来的美丽端庄的王后，心忍不住怦怦直跳，他以为又见到了曾经被自己认定为最美的女神阿佛洛狄忒。虽然早就听说过美女海伦美貌无双的传闻，但他没想到眼前的海伦比自己想象中的还要美丽。现在，看着眼前完全能与爱神相媲美的海伦，他顿时觉得此次远征的目的全是为了遇见海伦，父亲的委托早已被他抛到九霄云外。

而海伦此时也在打量着这位从亚细亚来的英俊王子，他有着一头飘逸的卷发，身穿一件闪亮的华丽长袍，身材挺拔有力。刹那间，在她的脑海里，丈夫的模样渐渐淡去，取而代之的是这位年轻俊美的异国王子。

海伦对帕里斯的相貌久久不能忘怀。很快，帕里斯带着几个随从来到王宫，海伦按照礼仪殷勤地接待了这位造访的王子。帕里斯谈吐优雅，琴艺高超，眼神又频频流露出对王后的爱慕之情，这些都动摇着海伦那颗不设防的芳心。

帕里斯见到海伦更是心旌摇荡，他忘记了父亲的委托和自己的使命，心中想的念的全是爱情女神许诺的最有诱惑力的礼物。

于是，他召集自己带来的全副武装的士兵，

说服他们帮助自己达到目的。然后他带领这些士兵冲进王宫，把希腊国王的财富掠夺一空，并劫走了半是反抗半是依从的海伦。

他带着战利品驶过爱琴海，来到克拉纳岛，与海伦在岛上举行了隆重的婚礼。他们深深沉浸在新婚的快乐中，靠着带来的财宝，在岛上过着奢华的生活。多年之后，他们才回到特洛伊。

> 🟠 知识拓展
>
> 爱琴海：希腊半岛东部的一个蓝色系海洋，南抵克里特岛，属地中海的一部分。

希腊人

帕里斯这次前往斯巴达，抢劫财富、夺走王后的行为已严重违背了宾主之道，造成了严重的后果，他激怒了希腊最有权势的家族。

斯巴达国王墨涅拉奥斯和他的哥哥迈肯尼国王阿伽门农是希腊诸雄中最强大的王室家族。二人都是宙斯的儿子坦塔罗斯的后裔。这是一个拥有高贵血统的家族，主宰着伯罗奔尼撒的其他王国。希腊的许多君王都是他们的盟友。

墨涅拉奥斯听到妻子被劫走的消息后，怒不可遏。他即刻赶到迈肯尼，把事情告诉了哥哥阿伽门农。两个人在希腊各地游说，要求所有的希腊城邦都参加讨伐特洛伊的战争。几乎

> 🟠 知识拓展
>
> 伯罗奔尼撒：指伯罗奔尼撒半岛，又称摩里亚半岛，希腊南部伸向地中海的半岛，仅有东北部的科林斯地峡同希腊本土相接，是爱琴海文化的主要中心，有许多历史遗迹和千年古城。

全希腊都响应了墨涅拉奥斯和阿伽门农兄弟俩的号召。只有两位国王还在犹豫不决，一个是狡黠的奥德修斯，另一个是阿喀琉斯。

伊塔刻国王奥德修斯不愿为了一位不忠的妇人而大动干戈地去讨伐特洛伊，在战场上流血牺牲。所以，当他看到优卑亚国王瑙普利俄斯的儿子帕拉墨得斯带着斯巴达国王前来访问他时，便佯装发疯，驾了一头驴极不协调地去耕地。但他的把戏没能逃过帕拉墨得斯的眼睛。当奥德修斯耕地时，帕拉墨得斯偷偷地走进宫殿，抱走奥德修斯那还是婴儿的儿子，把他放在奥德修斯的犁前。奥德修斯装疯卖傻的行为被揭穿，他无法再固执地拒绝参加征战了。但他从此便在心底暗暗憎恨帕拉墨得斯。

在是否参与征战的问题上，阿耳戈英雄珀琉斯和海洋女神忒提斯的儿子阿喀琉斯也一直犹豫不定。预言家卡尔卡斯知道他是特洛伊之战制胜的关键人物，所以透露了他的住处。于是奥德修斯和亚各斯国王狄俄墨得斯两位被派前来动员他参战。阿喀琉斯只得同意。

希腊联军集结了五十只战船，在阿伽门农的带领下前往特洛伊。

十年战争

当帕里斯终于带着众多劫掠回来的财物和美丽的海伦回到故乡时，父亲普里阿摩斯并不高兴。看到儿子竟然带着一名希腊女子回到家中，他立即召集儿子和贵族们举行紧急会议。

这时，国王的儿子们早已经接受了帕里斯赠送的大量金银财宝，那些尚未成婚的男子还得到了海伦带来的希腊美女作为礼物，这使得他们完全沉醉于现有的祥和气氛之中。再加上这些年轻人多数喜欢争强斗勇，在这样的情况下，会议做出的决定是以王室的力量保护这位外乡女子，绝不把她交给希腊人。

这样，海伦顺利地在特洛伊住了下来，后来又随帕里斯移居到他们的宫殿里。民众也逐渐接受了她的存在，并且日益喜欢上了她的风姿绰约和希腊式的美丽可爱。因此，城里居民那恐惧不安的心也逐渐平复下来了。

希腊人的战船已经到达特洛伊的海岸。

由于特洛伊一方参战的市民和援助的同盟军在数量和力量上都超过了希腊人，因此特洛伊人显得信心十足。他们还知道，众神之中爱神阿佛洛狄忒、战神阿瑞斯、太阳神阿波罗还有万神之父宙斯都站在他们这一边。他们相信凭借众神的力量一定能够战胜敌人。

国王普里阿摩斯虽然年迈，但他有 50 个儿子，个个骁勇善战，当中最出色的是赫克托耳。军队早已做好了战斗的准备，赫克托耳担任最高统帅，辅佐他的是国王的女婿埃涅阿斯。

特洛伊人在最短的时间里部署好他们的军队。与此同时，希腊人已经登陆，也在第一时间把他们的军队井然有序地部署妥当。双方很快开战，但特洛伊人无法消灭希腊人，希腊人也无法攻下特洛伊城。

转眼间，战争就持续了十个年头。

许多希腊和特洛伊的英雄在战争中死去，连天上的神祇也加入了人间的这场纠纷，他们一部分反对希腊人，另一部分则反对特洛伊人。赫拉、雅典娜、赫耳墨斯、波赛冬、赫菲斯托斯站在希腊人一边，阿瑞斯和阿佛洛狄忒则帮助特洛伊人。所以，在特洛伊战争的第 10 年中，战事超过了以前 9 年的总和。诗圣荷马的史诗就是叙述这个时期发生的事情。

知识拓展

诗圣荷马：传说中古希腊最伟大的诗人、行吟歌手，盲人。关于是否确有其人、其生活年代、出生地点及其作品构成了欧洲文学史上所谓的荷马问题。荷马一般被认为是《伊利亚特》和《奥德赛》两部史诗的作者。从他的诗歌所用的方言来看，荷马可能是小亚细亚人。从他的史诗的内容和所反映的文化来看，他生活在公元前850年前后。

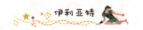

帕拉墨得斯之死

帕拉墨得斯是希腊军中最受欢迎的英雄之一，他为人聪明正直、勤劳诚恳，并且长相俊美，多才多艺，还能言善辩，正是他的游说促成了此次远征特洛伊，阿波罗的神谕又选中他作为押送祭品的人。这样的荣耀使本来就憎恨帕拉墨得斯的奥德修斯更加恼火，决定设计陷害他。

奥德修斯偷偷地把一盒黄金埋在帕拉墨得斯的营帐内，然后以特洛伊国王的名义写了一封信感谢帕拉墨得斯透露希腊人的秘密，并谈到那盒黄金是对他的回报。奥德修斯故意把信落到一个俘房手上，然后假装被他发现。他马上下令杀死这个收信人，并公布了这封信。

希腊人都非常愤怒，他们决定审判帕拉墨得斯。显赫的奥德修斯被阿伽门农委任为主审官，他当即下令搜查帕拉墨得斯的住处，那盒预先埋在床下的黄金自然给挖出来了。在奥德修斯的主使下，审判官们不问清事情的真相，一致同意判处帕拉墨得斯死刑，并打算用乱石将其击死。

> **表达方式**
>
> 叙述：众多英雄倒在了特洛伊城外，最终却是卑鄙的奥德修斯得以成功。世事不公，莫甚于此。

帕拉墨得斯看出了其中的阴谋，明白这是奥德修斯的陷害，但他却找不出被人陷害的有力证据，因此他只能接受残酷的命运，只是说："啊，希腊人啊，你们杀死的是一个博学、无辜、歌声最优美的夜莺！"

可是他的这番遗言没人理会。当雨点般密集的乱石砸向帕拉墨得斯时，他只是从容而勇敢地对天呼喊："真理啊，你应当欢呼，因为你死在我的前面。"他话音刚落，奥德修斯用尽全力把一块大石头砸向他的脑袋。这位希腊军队中最有见识的英雄便这样倒在地上死了。

众神加入战斗

由于希腊人无法在与特洛伊人的战争中占据上风，他们便开始洗劫特洛伊周边的其他城市，从那里获得了大量的战利品。而特洛伊城的久攻不下也令希腊人产生了放弃的念头，是雅典娜降临到奥德修斯面前，让他制止了准备返回的希腊军队，并鼓舞士气，以空前的规模再次进攻特洛伊城。特洛伊人损失惨重。

阿波罗见状很气恼，他给特洛伊人打气助

威，鼓励他们向前冲。"你们不要轻易地放弃阵地！他们既不是铁铸的，也不是石制的。最勇敢的英雄阿喀琉斯并没有参加作战。"

在另一方，雅典娜不断鼓舞希腊人的斗志。勇士们在战场上像猛兽一样驰骋。双方的英雄们死伤无数。雅典娜立即给堤丢斯的儿子狄俄墨得斯注入力量和勇气，要让他立下丰功伟绩，使他的功勋卓立在希腊人中，得到无上的荣誉。她要让狄俄墨得斯的盔甲和盾牌像秋夜的星空一样闪闪发光，使他深入敌阵，让敌人乱成一团。

在特洛伊人中有一个富裕而有权势的人，名叫达勒埃斯，他是赫菲斯托斯的祭司。他把两个勇敢的儿子送上战场，两个儿子名叫菲格乌斯和伊特俄斯。

他们二人驾着战车冲向徒步作战的狄俄墨得斯。菲格乌斯挥起长矛朝狄俄墨得斯刺去，枪从狄俄墨得斯的左肩下穿过，并没有伤到他。狄俄墨得斯回手一枪，正好刺中菲格乌斯的前胸，菲格乌斯被挑下战车倒在地上。伊特俄斯见状，吓得不敢上前，便立即跳下战车慌忙回逃。

此时，他父亲的保护神赫菲斯托斯立刻赶

来，降下黑雾保护了他，因为赫菲斯托斯不想让他的祭司一下失掉两个儿子。

这时候，雅典娜握住她的兄弟、战神阿瑞斯的手，对他说："我们最好暂时别去插手特洛伊人和希腊人的战争，让他们各自作战，看我们的父亲希望哪一方获胜。"阿瑞斯同意和雅典娜一起离开战场。看起来，两方面的凡人似乎脱离了神祇的操纵，但雅典娜明白，狄俄墨得斯身上还带着神力暂时守候在那里。

狄俄墨得斯在混战中被一箭射中肩部，但他的威势依然令人敬畏。他勇敢地拔出肩上的箭，鲜血从伤口向四周射出。狄俄墨得斯向雅典娜祈祷："宙斯蓝眼睛的女儿，你过去曾保护过我的父亲，现在也请你保护我！保佑我的长矛能刺中那个伤害我的人，让他永远见不到阳光！"雅典娜听到他的祈求，立即给他的四肢注入了神奇的力量。狄俄墨得斯突然感到身轻如燕，伤口好像也不再疼痛，他又投入激烈的战斗中。

命运的安排

这天，宙斯突然改变了主意。他对前来圣山开会的诸神和女神们说："你们听着，今天有谁胆敢帮助特洛伊人或者希腊人，我就把他扔入塔耳塔洛斯地狱，然后再锁上地府的铁门，使他永远也回不了圣山。如果有谁对我的力量表示怀疑，那么可以试一试：用一根金链拴住天宫，然后一齐用力拉，看看是否能把我拉到地上。相反，我可以把你们连同大地、海洋全都拉上来，并用链条系在奥林匹斯山上，让大地永远飘浮在半空。"

🔹 修辞手法

对比：用近似于拔河的方式将宙斯与众神的力量做了一次对比，以说明宙斯的力量远远超过其他所有神明的总合。

宙斯乘着他的雷霆战车，驶往爱达山，那里有他的圣林和祭坛。他坐在高高的山顶上，威严地俯视下方的特洛伊城和希腊人的营地。他看到特洛伊人不如对方人多，可是战斗意志坚强，因为他们明白这一仗决定着他们父母妻儿的安危。

见双方士兵杀得不分胜负，互有伤亡。宙斯将两个死亡的筹码放在黄金天平的两端，在空中称量，希腊人的这一边慢慢朝大地倾斜，而特洛伊人的这一边却高高地向天空举起。

宙斯立即向希腊人的军队发出一道闪电，

希腊神话与英雄传说

以宣告他们命运的改变。这个凶兆使英雄们都感到沮丧，只有年迈的涅斯托耳仍然坚持留在前线，帕里斯一箭射中他的马，马惊恐地直立起来，然后倒在地上打滚。涅斯托耳挥起宝剑正想割断马的缆绳时，赫克托耳驾着战车朝他猛扑过来。如果不是狄俄墨得斯及时赶来，年迈的涅斯托耳必定会命丧黄泉。狄俄墨得斯来到涅斯托耳的马前，将涅斯托耳的马交给斯忒涅罗斯和欧律墨冬，然后把老人抱上了自己的战车，朝赫克托耳驶去。狄俄墨得斯向对方投去长矛，虽没有刺中赫克托耳，却刺中了马夫厄尼俄泼乌斯。赫克托耳气急败坏地朝狄俄墨得斯冲了过去。

宙斯心里明白，如果让赫克托耳跟堤丢斯之子较量，那一定是赫克托耳丧命。他一死，战局就会发生转变，希腊人当天就会攻破特洛伊城。宙斯可不愿看到这种情况，他要让勇猛的赫克托耳把希腊人一直赶到船边，在希腊人濒临绝境时，阿喀琉斯挺身而出帮助他们。因为这是命运女神的安排！

知识拓展

堤丢斯之子：这里指狄俄墨得斯。因姓氏、家族等概念在西方社会出现较晚，如英国在1086年，欧洲其他国家则至17—19世纪才开始采用姓氏。因此，在那之前多以"某某之子"来表示某人的家族情况。

78

阿喀琉斯的复仇

在希腊人与特洛伊人的战争中，波赛冬与阿波罗都亲自上战场，各自支持一方。这也使得双方损失更加惨重。许多英雄死在战争之中，其中就包括阿喀琉斯的挚友帕特洛克罗斯。

在希腊人彻夜哀悼帕特洛克罗斯的时候，阿喀琉斯悲愤地说："现在，命运女神已经决定让我们在异国浴血奋战，也许我将不能回到我年迈的父亲珀琉斯和母亲忒提斯的身边，那时特洛伊城前的黄土将会掩埋我的尸体。帕特洛克罗斯哟，命运注定我要死在你的后面，因此我在拿到赫克托耳的头颅之前，我还不能参加你的葬礼。他是杀害你的凶手，我要拿他的头颅向你献祭，并且还要向你献祭 12 个特洛伊的贵族子弟。亲爱的朋友，现在你暂且在我的船上安息，等我完成使命吧！"

这时，阿喀琉斯的母亲海洋女神忒提斯已到达赫菲斯托斯的宫殿。宫殿像星光一样灿烂、美丽而坚固。它是跛腿的赫菲斯托斯为自己建造的铜殿。忒提斯请赫菲斯托斯为阿喀琉斯赶制一套战盔、盾牌、铠甲和胫甲。

表达方式

细节描写：在激烈的战争中如此细致地描写盾牌上的图案，说明阿喀琉斯的甲胄等的精良，为后文他受到攻击却不受伤做铺垫，并在体现匠神精湛手艺的同时，使情节张弛有度。

盾牌有五层厚，分别由金银铜铁锡铸成，背面有一个银把手，上面镶着三道金边。盾面上绘制了大地、海洋、天空、太阳、月亮和闪烁的星星；远方是两座美丽的城市，一座城市里正在举行集会。那里有集市，有争吵的市民，还有传令的使者和当权者。另一座城市被两支军队围困着。城里有妇女、孩子和老人，城外有埋伏的战士。另一边是激烈的战斗场面：有受伤的士兵，有争夺尸体和盔甲的残酷厮杀。他还在远处刻绘了一幅祥和宁静的田园风光景象：有赶牛耕地的农民，收获者正挥镰割下起伏的麦子，田边有一棵大栎树，树下放着丰富的餐食；此外还有一片葡萄园，银枝上挂满了一串串熟透了的紫黑色的葡萄，周围是青铜的沟渠和锡制的篱笆；有一条小道直通葡萄园，欢乐的青年男女正用精致的篮子采摘葡萄，小伙子矫健活泼，姑娘们脚步轻盈，他们中间有一个抱琴的少年，另一些人正围着一个抱琴的少年载歌载舞。此外，他还刻绘了许多金的、银的牛，它们正在流水潺潺的河边吃草，用金子铸成的牧人和九条猎犬在旁边看守着。有两只雄狮袭击畜群的首领，并抓住一头小牛。牧

人唆使猎犬向雄狮狺狺吠叫。他还刻绘了一个幽静的山谷，银铸的绵羊在山坡上吃草。附近有茅舍和羊圈，一群青年男女穿着鲜艳美丽的衣服在跳舞。女的头戴花冠，男的佩着银带，上面挂着金刀；两名青年人在琴手的伴奏下疯狂地跳着舞，许多人围过来欣赏着他们的舞姿；盾牌的外围饰以一条湍急的河流，犹如一条粼光闪闪的巨蛇。

赫菲斯托斯造好盾牌，又加紧赶造一副金光闪闪的铠甲，然后又造了大小正好合适的战盔，顶上有金色的羽饰，最后用柔软的锡制成胫甲。完工后，赫菲斯托斯把它们交给忒提斯。忒提斯拿着铠甲对他再三感谢，然后告别离去。

天刚亮，忒提斯就赶到儿子那里，她看到儿子仍守在帕特洛克罗斯的尸体边哭泣。忒提斯默默走上前去，把战甲放在他的面前。

阿喀琉斯看到那一套赫菲斯托斯精工制作的战甲，如获至宝，一件件举起来认真检查。然后，阿喀琉斯穿上铠甲，大步走向海岸，用雷鸣般的声音呼唤士兵集合。他要为他视如兄长的朋友向特洛伊人复仇。

📖 表达方式

狺狺：狺音"yín"。本义为犬吠声，后来引申为争辩或攻击性的言论喧嚷不休。

📖 表达方式

动作描写：阿喀琉斯见到这副战甲时的样子，不由得令人想起《三国演义》中吕布见到赤兔马时的样子。"宝剑赠英雄"，忒提斯对儿子的确了解，可见她的一片慈母之心。

众神参战

在奥林匹斯山上，宙斯正召集神祇在一起集会，宣布允许他们可以自由地援助特洛伊人或希腊人。如果神祇不参战，阿喀琉斯就会违背神意，占领特洛伊城。

对于战争的未来，神祇们各怀心思，于是神祇们奉旨行事，各自选择愿意援助的对象：万神之母赫拉、雅典娜、波赛冬、赫耳墨斯和赫菲斯托斯赶到希腊人的战船上；阿瑞斯、阿波罗和阿尔忒弥斯以及他们的母亲赫托、阿佛洛狄忒、河神斯卡曼德洛斯等动身到特洛伊人那儿去。

在诸神加入双方队伍之前，勇猛的阿喀琉斯在希腊人的队伍中显得斗志昂扬。特洛伊人远远地看到珀琉斯的儿子穿着闪亮的铠甲，像战神一样，吓得四肢发抖。

忽然间，诸神加入双方的队伍，顿时战斗又变得激烈和残酷起来，胜利属于何方，谁也无法预料。雅典娜在围墙的壕沟旁和大海边发出雷鸣般的呐喊声，不断地指挥着。在另一方，阿瑞斯一会儿站在高高的城墙上指挥特洛伊人，一会儿又飞奔在西莫伊斯河岸的军队中间，高声激励特洛伊人。不和女神厄里斯则奔跑在双方军队中。宙斯，这位战争的主神也从奥林匹斯山上发出雷电。波赛冬摇撼着大地，使群山震颤，连爱达山都在颤抖。冥王哈里斯大吃一惊，他担心震得大地开裂，神祇和凡人就会发现地府的秘密。

神祇们终于相互拼杀起来了：阿波罗援箭射向海神波赛冬，雅典娜与战神阿瑞斯相互厮杀，阿尔忒弥斯搭弓向万神之母赫拉瞄准，赫托和赫耳墨斯正打得不可开交，赫菲斯托斯与河神斯卡曼德洛斯厮杀在一起。

当神祇杀得难分难解时，阿喀琉斯则在人群中寻找赫克托耳交战。机智的阿波罗立即变成普里阿摩斯的儿子吕卡翁，把英雄埃涅阿斯指引到阿喀琉斯的面前。埃涅阿斯穿着闪亮的铠甲，勇猛地向前奔去。但立即被赫拉在混乱的人群中找到，她立即召集与她同盟的神祇们，对他们说："波赛冬和雅典娜！在阿波罗的唆使下，埃涅阿斯已朝阿喀琉斯扑了过去。我们该怎么办，是逼他退回去，还是给阿喀琉斯增添力量，让他感到伟大的神祇也在帮助他。不过今天他不能发生意外，我们从奥林匹斯山上

🌿 **表达方式**

叙述：不和女神厄里斯出现在了这里，但却没有制造纠纷，说明矛盾与冲突必然普遍存在于双方军队与参战众神中。

🌿 **知识拓展**

埃涅阿斯：特洛伊英雄安基塞斯与爱神阿佛罗狄忒之子，在特洛伊战争结束后唯一幸存的特洛伊王族。古罗马诗人维吉尔曾以他为主人公创作史诗《埃涅伊德》。

飞下来的目的就是保护他。以后，他必须顺从命运女神给他的安排。"

"应该仔细考虑一下这事的后果，赫拉，"波赛冬回答说，"我认为，我们不应该合力反对另一方的神祇。这是不理智的，因为我们是有着很大威力的神祇。我们应该站在一旁，静观战局的变化，而不应盲目参战。倘若阿瑞斯或者阿波罗参战，并且阻碍阿喀琉斯的进攻，那时我们再参战也不迟！"

这时，埃涅阿斯投出了他的长矛，击中了阿喀琉斯的盾牌，穿透两层青铜，矛尖被第三层黄金阻住了，不能穿透后面的锡层。现在轮到珀琉斯的儿子投矛。他击中了埃涅阿斯的盾牌，矛头穿过盾牌的边缘落在了埃涅阿斯身后的地上。他吓得急忙执着盾牌蹲下身去。阿喀琉斯挥舞着宝剑冲了过去，埃涅阿斯情急之中拾起地上一块通常两个人都难以举起的巨石，灵巧地投掷出去。如果不是波赛冬注意到这情况，巨石一定会击中对方的头盔或者盾牌，而他自己也一定会丧命于珀琉斯儿子的剑下。

在一旁观战的神祇虽然反对特洛伊人，但对埃涅阿斯却产生了同情。

"如果埃涅阿斯只因阿波罗的意旨而命丧黄泉的话，这是令人遗憾的事。"波赛冬说，"我担心宙斯会因此而生气，尽管他怨恨普里阿摩斯家族，但他不愿意彻底毁掉这个家族，而是要通过埃涅阿斯来延续这个强大的王族。"

波赛冬飞到战场上，他先在阿喀琉斯眼前降下一层浓雾，然后从埃涅阿斯的盾牌上拔出长矛，放在阿喀琉斯的脚下。最后波赛冬把埃涅阿斯抛向战场的边沿。在那里，他的盟军考科涅斯人正在束装，准备战斗。

波赛冬嘲弄他说："是哪位神祇蒙蔽了你的眼睛，竟使你敢于同众神的宠儿作战？从此以后，你必须回避他，直到命运之神安排他的命运，你才可以理所当然地在最前线作战！"

海神说完话，离开了埃涅阿斯，并驱散了阿喀琉斯眼前的浓雾。阿喀琉斯看见自己脚下的长矛，对手却早已不见了，他感到很奇怪。

"一定是神祇帮他逃脱的，"阿喀琉斯恼怒地说，"他已屡次从我手里逃脱了。"他只好回到自己的队伍里，鼓励士兵们奋勇前进。

在另一边，赫克托耳也在激励他的战士，因此双方又发生一阵激烈的拼杀。阿波罗看到

知识拓展

考科涅斯人：曾居住于希腊和小亚细亚的一个部落，在荷马史诗中被描述为特洛伊人的盟友。地理学家认为他们的居住地在小亚细亚半岛西北部的比梯尼亚和中北部的帕佛拉戈尼亚，在特洛伊以东。

赫克托耳气势凶猛地扑向珀琉斯的儿子，便在他的耳边悄悄警告他。赫克托耳听了马上退到自己的队伍里。阿喀琉斯借机冲进敌阵，一枪刺中普里阿摩斯的另一个儿子帕蒙的脊骨。帕蒙痛得惨叫一声，倒地身亡了。

赫克托耳看到自己幼小的弟弟被杀，气得双眼发黑。他不能再置身事外了，于是不顾神祇的警告，径直朝阿喀琉斯扑去。

阿喀琉斯看到他，大为惊喜。"来得正好，"他说，"赫克托耳，你折磨得我无比痛苦，让我们彼此不要躲着。你赶快过来送死吧！"

赫克托耳毫不畏惧地回答说："我知道你是一个勇敢的人，但是神祇也许会帮助我取得胜利，即使我站在离你很远的地方。"说着，他就掷出他的长矛。雅典娜正好站在阿喀琉斯的背后，她向矛轻轻地吹了一口气，使它退了回去，无力地落在赫克托耳的脚下。阿喀琉斯怒气冲冲地奔过来，举矛再次投射赫克托耳。阿波罗马上降下一片浓雾包围住赫克托耳，急忙拉他离开了战场。阿喀琉斯一连三次都扑了个空。当他第四枪又扑空时，禁不住怒吼道："这次便宜了你，让你又逃脱一死。倘若有一位神祇帮助我，下一次你必然在我手里送命！"说着，愤怒的阿喀琉斯像猛虎下山般冲进敌阵，又杀死了十名英勇的特洛伊人。

与此同时，其他神祇也陷入激烈的争斗中。他们相互攻击，搅得大地呻吟，空气轰鸣，好像成千上万的喇叭吹起战斗的号音一样。雷霆之神宙斯站在高高的奥林匹斯山上，听着人间喧嚣的声音，看着诸神相互争斗，高兴万分。

表达方式

心理描写：宙斯之前严禁神祇参与人类的战争，如今看到诸神争斗又高兴万分，这是为了执行命运女神的决定吗？

战神阿瑞斯首先出阵，挥舞着灿烂的长矛冲向雅典娜。女神敏捷地躲开了他的攻击，顺势从地上抓起一块巨石朝他掷去。石块砸在他的脖子上，使他摔倒在地，头发上沾满了尘土。雅典娜哈哈大笑，带着胜利的神情说："蠢货，你竟敢和我较量，你大概从来没有想到我比你强得多。现在，让你的母亲赫拉去诅咒你吧。她对你的行为非常生气，因为你竟然庇护狂妄的特洛伊人，反对希腊人。"她一边说，一边将蔑视的目光从他身上移开。

阿佛洛狄忒搀扶起呻吟的战神离开了战场。赫拉看到他们这副样子，转身对雅典娜说："你看到那个阿佛洛狄忒正扶着阿瑞斯离开战场了吗？真让人气恼！快去收拾他们！"雅典娜应声冲了上去，朝温柔的女神当胸一拳。阿佛洛狄忒一个趔趄倒在地上，还拖倒了受伤的战神。

"哈哈，让一切援助特洛伊人的家伙都像这样倒在地上！"雅典娜大声喊道，"如果我们所有人都像我一样勇敢战斗，特洛伊城早就成为一座死亡之城了，我们也早就太平了。"

赫拉看到她的英雄行为，又听到她的话，脸上浮起了满意的笑容。

阿波罗不愿动手和他父亲的兄弟自相残杀，但他的妹妹阿尔忒弥斯在一旁嘲笑他。赫拉听到她的嘲笑很生气，就用左手抓住阿尔忒弥斯的双手，右手从她肩上扯下箭袋，并用它狠狠地打她的耳光。阿尔忒弥斯这时也顾不上自己的弓和箭了，如同一个挨了打的胆怯小孩儿一样，哭喊着跑开了，坐在父亲的膝头上，低低地哭泣。宙斯慈爱地将她抱在怀里，微笑着对她说："我的心肝，快告诉爸爸，哪位神竟敢欺侮你？"

"是你的妻子，"她回答说，"那个愤怒的赫拉欺侮了我，她挑起了神祇之间的斗争。"

宙斯听了只是笑着，并轻轻地抚摸着女儿，对她说了许多安慰的话。

山下，阿波罗已走进特洛伊城，其他的神

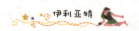

祇也都回到山上围坐在宙斯的周围，有的满怀胜利的喜悦，有的却充满愤怒和忧愁。

赫克托耳之死

特洛伊人在可怕的阿喀琉斯的追击下仓皇逃跑。阿波罗看到这一切，马上冲出城门，把勇气和力量赐给阿革诺尔，并用一团浓雾保护他。阿革诺尔一手拿住盾牌，一手挥舞着长矛，对阿喀琉斯大声喊道："凶猛的阿喀琉斯啊，你今天别想摧毁特洛伊，要知道我们城里还有许多顶天立地的英雄。他们随时准备为保卫父母和妻子儿女而献出他们的生命！你将在这里领受死亡！"说着他用力掷出他的长矛。击中对方的小腿，可惜被跛足神锻造的胫甲挡了回来。

现在轮到阿喀琉斯进攻了，但是阿波罗用一团浓雾带走了阿革诺尔，然后趁机化身为阿革诺尔的模样，把阿喀琉斯引出军队。阿喀琉斯在后面紧追不舍，他穿过麦地，又追到河边，阿波罗就这样诱骗着阿喀琉斯，让他在后面急急追赶，使其他的特洛伊人有充分的时间逃回城里。

恶毒的命运把赫克托耳一个人留在了城外。

> **知识拓展**
>
> 阿革诺尔：特洛伊的元老之一安忒诺尔之子，后为阿喀琉斯之子涅俄普托勒摩斯杀死。其父安忒诺尔在特洛伊之战前主张交还海伦，与希腊人和解，因而得到希腊人的宽恕。传说安忒诺尔后来离开特洛伊去了意大利，并在那里建立了新的城邦。

阿喀琉斯仍在追赶着阿革诺尔，突然，前面的阿革诺尔停了下来，转身对阿喀琉斯说道："阿喀琉斯啊，你为什么放着那些逃跑的特洛伊人不追，而是来追一个神？你杀不了我，因为命运注定我是不死的。"

阿喀琉斯这才恍然大悟，他无比愤怒地说道："你这个最最恶毒而狡猾的神！是你把我从城墙引到这儿来的。你挽救了那些特洛伊人，你夺走了我取胜的可能。如果有可能，这笔账我一定要跟你清算！"说完，他立即朝城市奔去。

赫克托耳这会儿仍然站在原地，等待着强大的阿喀琉斯。阿喀琉斯越来越近，像战神一样威武雄壮，青铜武器在阳光下闪闪发光。赫克托耳看见，不由自主地害怕起来，并转身朝城门跑去。阿喀琉斯顿时扑了过来。赫克托耳沿着城墙没命地奔跑，阿喀琉斯却丝毫没有放弃的意思。他们绕着城墙跑了三圈。奥林匹斯山上的神祇们都紧张地看着这一惊心动魄的场面。

"啊，神祇们，"宙斯说，"好好地思考一下眼下的情势吧。决定的时刻来到了，是让赫克托耳再次逃脱死亡呢，还是让他丧生？"

雅典娜回答说："父亲，难道你想让被命运

表达方式

叙述：赫克托耳等在原地是以为他有阿波罗的庇护，还是主动寻求与阿喀琉斯一战呢？

女神判定要死的人逃脱死亡吗？不过，你想怎么办就怎么办吧，别指望神祇们会同意你的提议！"

宙斯朝他的女儿点了点头，表示她可以照自己的意思行事。雅典娜立即从奥林匹斯山降到特洛伊的战场上。这时，赫克托耳仍在奔逃，阿喀琉斯在后面紧追不放，不让他有喘息的机会，并且示意他的士兵，不得朝赫克托耳投掷长矛。他们围着城墙追逐了四圈，挨近了斯卡曼德洛斯河。宙斯从奥林匹斯山上站起来，取出衡量生死的黄金天平，放进生死砝码开始称量，两边的托盘一个代表珀琉斯的儿子，另一个代表赫克托耳。看到赫克托耳那一边朝冥王哈里斯倾斜，一旁的阿波罗即刻离开了。

雅典娜走到阿喀琉斯身旁，悄悄对他说："你先休息一下，我去鼓动赫克托耳大胆向你挑战！"阿喀琉斯听了女神的话，立即停止追击，在一旁休息，看着雅典娜朝赫克托耳走去。

雅典娜变为赫克托耳的弟弟得伊福玻斯，并来到赫克托耳的面前，对他说："兄弟，让我们携起手来，一起反击阿喀琉斯！"

赫克托耳看到他的兄弟非常高兴，说："你真是我最亲密的兄弟，别的兄弟都躲在安全的

> **知识拓展**
>
> 斯卡曼德洛斯河：特洛伊古城附近的一条河，河神与河流同名。传说该河发源于爱达山的两口泉眼，一泉为冷水，一泉为热水，因此在此河中沐浴可以为皮肤增加光泽。火星上有一个山谷亦以此命名。

城墙后面，你却大胆出城鼓励我作战，使我更加尊重你了。"于是雅典娜引着英雄朝阿喀琉斯走去。她举着她的长矛，跨着大步，走在前面。

赫克托耳对阿喀琉斯叫道："珀琉斯的儿子，我再也不躲避你了！现在我跟你拼个你死我活。让我们当着神祇发誓：如果宙斯照顾我，让我取得胜利，那么我只剥下你的铠甲，并把你的尸体还给你方。你对我也应该同等对待！"

"我不和你订什么条约！"阿喀琉斯面色阴沉地说，"正如狮子不能跟人做朋友一样，在我们之间也无友情可谈，你是我的敌人。我们之中必须死掉一个才是最公平的办法。现在使出你的本领吧，不管怎样，你逃不脱我的手掌心。你欠我的血债，现在得由你偿还了！"

阿喀琉斯说着掷出他的长矛。赫克托耳急忙弯下身子，矛从他的头上飞了过去。雅典娜把矛拾了回来，交给珀琉斯的儿子，但这一切赫克托耳都无法看到。现在，他愤怒地投出他的矛，正好击中阿喀琉斯的盾牌，但被弹落在地上。赫克托耳吃了一惊，回头找他的兄弟得伊福玻斯，想向他要他的长矛，可是他已不见了。

赫克托耳这才意识到自己中了雅典娜的圈

🌼 表达方式

叙述：雅典娜为了帮助希腊人打败特洛伊人，竟然不顾神明的身份，去欺骗一个凡人。从这里也可以看出，在希腊神话中，神明与凡人其实只是力量不同的生灵，并没有道德上的高下之分。

套。他知道今天必死无疑，但他不甘心让对方轻而易举地得逞，于是他拔出腰间的宝剑，挥舞着向前扑去。阿喀琉斯迫不及待地准备厮杀，他睁大眼睛，寻找机会，想瞄准赫克托耳身上露出的地方下手。赫克托耳从头到脚都用盔甲保护着，只在肩与脖子连接的锁骨旁露出一点空隙，使得他的喉咙稍有一点暴露。

阿喀琉斯看得真切，狠狠地用矛刺去，矛尖刺穿赫克托耳的喉头，但没有刺破气管，他虽然倒在地上，受了重伤，但仍能勉强说话。阿喀琉斯兴奋地宣称，要把他的尸体喂狗。赫克托耳央求他说："阿喀琉斯，我请求你，别把我的尸体让恶狗吞食！无论你要多少金银都可以，只要把我的尸体送回特洛伊，让特洛伊人按照传统殡仪将我安葬！"

阿喀琉斯笑着摇了摇头，回答说："你用不着哀求我，你是杀害我朋友的凶手！我不会放过你的。即使普里阿摩斯愿意拿出和你相等重量的黄金作为赎金，你的尸体仍然难免要喂狗！"

"我知道，"赫克托耳痛苦地说，"我知道你是一个铁石心肠的人，不会同情我。但是，当神祇为我报仇的时候，当你被阿波罗在特洛伊的中央城门射中倒地快死的那一天，你会想起我说的话的！"

说完这最后的预言，他的灵魂便飞出身体，幽幽地飞进地府，到哈里斯那里报到去了。

阿喀琉斯在一旁叫道："去死吧！无论宙斯和神祇们如何安排我的命运，我都会接受的！"

赫克托耳被阿喀琉斯杀死的消息传开了，希腊人潮水般地涌过来，围看着死者高贵的形象和雄伟的躯体。阿喀琉斯站在人群中说："朋友们，英雄们！感谢神祇赐福，让我在这里杀死这个凶恶的人，他对我们的危害远超其他人。让我们一鼓作气，团结起来杀向特洛伊城。"

这个残酷而骄傲的胜利者一边说，一边走

> **表达方式**
>
> 动作描写：以如此残酷的方式对待敌人的尸体，说明阿喀琉斯对赫克托耳的痛恨之深。

近尸体，用刀在赫克托耳的脚踝和脚踵之间戳了个孔，用皮带穿进去捆在战车上，然后他跳上战车，挥鞭策马，拖着尸体向战船飞驰而去。

赫克托耳的母亲赫卡柏在城头上看见了她的儿子被别人拖在地上，悲愤地撕下面纱，失声痛哭。国王普里阿摩斯也痛哭流涕。接着全城响起一片哀泣声，连城墙也震颤了。

赫克托耳的妻子安德洛玛刻此时还不知道丈夫已经被敌人杀死。她正安静地坐在宫殿里专心绣着花。突然，她听到城里传来一片哭声，心里顿时充满不祥的预感，惊叫起来："天哪，我担心我的丈夫已被阿喀琉斯杀死了。"她飞快地穿过宫殿，疾步跑上城楼，看到阿喀琉斯的战车拖着她丈夫的尸体在野地里扬起一路尘土。安德洛玛刻顿时昏厥过去。

> **表达方式**
>
> 夸张：特洛伊人的哭声震得城墙都颤动起来，说明哭的人之多，哭声之大，以此说明赫克托耳在特洛伊的威信之高。

阿喀琉斯之死

天刚破晓，阿喀琉斯就带兵扑向特洛伊。特洛伊人虽然害怕阿喀琉斯，但仍渴望在战争

中杀死阿喀琉斯。双方又开始了激烈的战斗，阿喀琉斯杀死了无数的敌人，一直把特洛伊人赶到城门前。他深信自己力量超人，正准备推倒城门，撞断门柱，让希腊人拥进普里阿摩斯的城门，但阿波罗在奥林匹斯山上看到特洛伊城前尸横遍野，血流成河，心中十分恼怒。他猛地从神座上站起来，背上盛满神箭的箭袋，向珀琉斯的儿子走去。他用雷鸣般的声音威吓他说："珀琉斯的儿子！快快放掉特洛伊人！你要当心，否则一个神祇便会结束你的性命！"

阿喀琉斯听出这是神祇的声音，但他毫不畏惧。他漠视这警告，大声地回答说："为什么你总是保护特洛伊人，难道你要迫使我同神祇作战吗？过去你帮赫克托耳逃脱死亡，为此我很愤怒。现在，我劝你还是回到神祇中去，否则，我的长矛也一定会刺中你！"

说着，他转身离开了阿波罗，仍去追赶敌人。愤怒的阿波罗隐身在云雾里，拉弓搭箭，朝着珀琉斯的儿子容易受伤害的脚踵射去一箭，阿喀琉斯感到一阵钻心的疼痛，好像一座塌倒的巨塔一样栽倒在地上。

他愤怒地叫骂起来："谁敢卑鄙地在暗处

表达方式

阿喀琉斯之踵：踵指脚后跟。阿喀琉斯幼年时，他的母亲忒提斯用手提着他的脚后跟在斯提克斯河中浸洗，凡洗过的地方都刀枪不入，只有忒提斯手抓的脚后跟，因未浸着水成为他全身唯一会受伤的地方。后用来指致命的弱点。

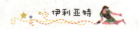

向我放冷箭？如果他胆敢面对面地和我作战，我将挖出他的心脏，叫他鲜血流尽，直到他的灵魂逃到地府里去！懦夫总是在暗中杀害勇士！我可以对他明确地说这些话，即使他是一个神祇！我想这是阿波罗干的事，我的母亲曾对我预言，我将在中央城门死于太阳神阿波罗的神箭，恐怕这话要应验了。"

阿喀琉斯一面怒吼，一面呻吟着拔出箭矢，愤怒地把它摔在地上。他看到一股污黑的血从伤口涌出来。阿波罗将箭拾起，在一片云雾的遮掩下，又回到奥林匹斯山。到了山上，他钻出云雾，又混入奥林匹斯的神祇中。

赫拉看到他，责备说："阿波罗，这是一种罪过！你不是也和别的神祇一样参加了珀琉斯的婚礼，像其他神祇一样也祝福过他的儿子吗？现在你却袒护特洛伊人，想杀死珀琉斯唯一的爱子！"

阿波罗沉默着坐在神祇们的一侧，低垂着头。有些神祇对他的行为感到恼怒，有些则在心里感谢他！但在下界，阿喀琉斯的肢体里热血沸腾，即使那不可治愈的伤口也无法抑制他战斗的欲望，没有一个特洛伊人敢靠近这个受伤的人。阿喀琉斯从地上跳起来，挥舞着长矛，扑向敌人。他杀死了许许多多特洛伊人，他感到肢体在逐渐变冷。阿喀琉斯不得不停住脚步，用长矛支撑着身体。他虽然不能追击敌人，但发出了如雷的吼声，特洛伊人听了仍吓得拼命逃跑。

"你们去逃吧！即使我死了，你们也逃不过我的投枪。复仇女神仍会惩罚你们！"突然，他的肢体僵硬起来，他倒在其他尸体的中间，他的盔甲和武器掉在地上，大地发出沉闷的轰响。

阿喀琉斯的死敌帕里斯第一个看见他倒了下去，他喜出望外，不由得欢呼着将这件事大声告诉特洛伊人，即刻激励特洛伊人去抢夺尸

表达方式

心理描写：即使战争已进行到了第十年，神祇们依然分裂为两方。就算有宙斯的压制，他们在心里也有各自的偏重。

体，但埃阿斯挥舞着长矛守护着尸体，逐退逼近的人，他甚至主动朝特洛伊人进攻。

帕里斯大胆地举起长矛，向埃阿斯投去，但被埃阿斯躲过了，这激起了他心中的怒火，他顺手抓起一块石头猛地砸了过去，打在帕里斯的头盔上，将他打倒在地，他箭袋里的箭落得满地都是，他的朋友们赶快把他抬上战车。帕里斯仍在呼吸，但很微弱，由赫克托耳的骏马拖着战车朝特洛伊飞奔而去。埃阿斯把所有的特洛伊人都赶进了城里，然后踩着尸体和满地散落的武器，大步走向战船。

趁着战斗的空隙，希腊人把阿喀琉斯的尸体抬回战船。他们围着他，放声痛哭。

希腊人哀悼他们伟大英雄的悲哭声传到了海底，阿喀琉斯的母亲忒提斯听到了，也放声痛哭，赫勒斯滂海岸回荡着她悲泣的哭声。海怪们也同情她，发出凄惨的吼声。忒提斯抱住儿子，吻着他的嘴唇，眼泪毫无顾忌地涌出来，一会儿就把地面打湿了。阿喀琉斯的两匹神马感觉到主人已死，便挣脱了轭具，不愿接受别人的驾驭，现在谁也难以驯服它们。

> **知识拓展**
>
> 赫勒斯滂：因佛里克索斯的姐姐赫勒自金羊背上坠落于此而得名，即赫勒斯滂海峡，今称达达尼尔海峡，位于小亚细亚半岛与巴尔干半岛之间，同马尔马拉海和博斯普鲁斯海峡合称土耳其海峡，是黑海通往地中海的唯一航路。

帕里斯之死

在赫克托耳与阿喀琉斯之死的刺激下，特洛伊人与希腊人仇恨更深。一场激战又不可避免地发生了。

赫拉克勒斯的朋友菲罗克忒斯用他从那位大力士手中继承的百发百中的神箭射中了帕里斯，但只在帕里斯身上划开一道小口子。帕里斯想张弓还射，第二箭又飞了过来，射中了他的腰部，他浑身战栗，忍着剧痛，转身逃走了。

医生们围着帕里斯检查伤口，但战斗仍在继续，直到夜幕降临，特洛伊人才退回城内，希腊人也回到战船上。

夜里，帕里斯被疼痛折磨得彻夜难眠，因为箭镞一直深入骨髓。那是赫拉克勒斯浸透剧毒的飞箭，中箭后的伤口很快腐烂发黑，任何高明的医生都无能为力。受伤的帕里斯忽然想起一则神谕，只有被他遗弃的妻子俄诺涅才能使他免于死亡。他即便不情愿，可由于疼痛难熬，不得不由仆人抬着前往爱达山。他的前妻还一直住在那里。

在仆人的帮助下，他终于到了俄诺涅的住

地，女佣和俄诺涅对他的突然到来感到惊讶。他扑倒在妻子的脚前，大声叫道："尊贵的妻子，看在我们夫妻一场的情分上，请你同情我，用药物医治我的伤口，免除我难熬的疼痛，因为只有你才能救我的性命！"

可他的苦苦哀求丝毫不能让遭受遗弃的妻子回心转意。她愤恨地说："你有什么脸来见我，我是被你遗弃的人，还是去找年轻貌美的海伦吧，求她救治你。你的眼泪和哭诉决不能换取我的同情！"说着，她将帕里斯赶出门去。帕里斯由仆人们抬下山。在回城的路上，他因箭毒发作而死，海伦再也见不到他了。

俄诺涅独自待在家里，想起年轻时的帕里斯和他们往日的情意，感到深深的后悔。她从床上跃起，奔了出去，她

整整奔跑了一夜，直到她丈夫的火葬堆那里，才知道帕里斯已被毒箭夺去了生命。俄诺涅看到丈夫的遗体，悲痛得说不出话来。突然，她用衣袖蒙着美丽的脸，纵身跳进熊熊燃烧的柴堆里，和她的丈夫一起烧为灰烬。

木马计

希腊人围攻特洛伊城，久久不能得手。于是，预言家卡尔卡斯召集会议，他说："你们用这种古老的办法攻城是没有用的。对特洛伊城不能强攻，而应智取。"他说完后，英雄们群策群力，想要想出一个办法来尽快结束这场可怕的战争。最后，还是奥德修斯想出一个妙计。

"朋友们，你们知道怎么办吗？"说着，他不禁提高了声音，"让我们造一匹巨大的木马，让马腹里尽可能地隐藏足够多的希腊人。其余人则乘船离开特洛伊海岸，撤退到忒涅多斯岛。在出发前必须把军营彻底烧毁，让特洛伊人在城墙上看见烟火，以为我们撤退了，大胆地出城活动。同时我们让一个特洛伊人不认识的士兵冒充逃难的人混进城去，告诉他们说，希腊

💡 表达方式

忒涅多斯岛：爱琴海上的一座小岛，与特洛伊城隔海相望，因阿波罗之子忒涅斯曾为此岛国王而得名，这个岛也是阿波罗的圣岛。后忒涅斯被希腊人杀死。

人为了安全撤退，准备把他杀死献祭神祇，但他设法逃脱了。他还要说，希腊人造了一匹巨大的木马，献给特洛伊人的敌人雅典娜，他自己就是躲在马腹下面，等到敌人撤退后才偷偷爬出来的。这位士兵必须能对特洛伊人复述这个故事，并且要说得绘声绘色，使特洛伊人深信不疑。特洛伊人一定会同情这个可怜的外乡人，将他带进城去。在那里，他设法说动特洛伊人把木马拖进城内。当我们的敌人熟睡时，他将给我们发出预定的暗号。这时，躲藏在木马里的人赶快爬出来，并点燃火把召唤隐蔽在忒涅多斯岛附近的战士们。这样，我们就能里应外合，一举摧毁特洛伊城。"

奥德修斯说出了他的计策，大家都惊叹他的妙计。这个计策正合预言家卡尔卡斯的心意，他完全赞成。同时为这位狡黠的英雄能够理解自己的意图而感到高兴。他让集会的人注意到雄鹰吉利的预兆和显示宙斯赞同的响雷，并催促希腊人赶快行动。但阿喀琉斯的儿子却站起来提出异议："卡尔卡斯，勇敢的战士必须在公开的战场上制服敌人。让胆怯的特洛伊人躲在城楼上去打仗吧！但我们不想使用诡计或别的

> **艺术手法**
>
> 伏笔：特洛伊人可能只凭一个人空口无凭的话，就相信木马是无害的吗？

不光明磊落的方法。我们必须在公开的战斗中表明我们是坚强的战士！"

他的话充满了大无畏的精神，连奥德修斯也不得不佩服他高尚和正直勇敢的品质。但宙斯则表示反对，他愤怒地放出雷鸣闪电，雷声震动了大地。因此，英雄们明白，宙斯赞同预言家和奥德修斯的建议。

于是，希腊人全撤回到战船上，在他们开始工作之前，都先躺在船上好好地睡觉和休息。半夜时分，雅典娜托梦给希腊英雄厄珀俄斯，吩咐他用粗木制造巨马，并答应帮助他尽快完工。厄珀俄斯知道这是女神雅典娜，便高兴地从床上跳了起来，牢牢记住女神的吩咐。

天刚亮，他就对大家讲起女神托梦的事。希腊人一听，即刻来到爱达山砍伐高大粗壮的松木，木料很快被运到赫勒斯滂的海岸上。许多年轻人帮厄珀俄斯一起干活，有的锯木头，有的削枝叶，厄珀俄斯则自己亲自造木马，他先造了马脚，削制马腹，并在马腹上方做了拱形的马背。接着又安置了马胸和马颈，还在马颈上装了精致的马鬃，似乎正在风中飘动，马头和马尾上粘了细密的绒毛。马的两耳竖起，圆溜溜的马眼睛炯

> **表达方式**
>
> 厄珀俄斯：希腊联军中有名的大力士、雕刻家，但因性情粗暴而不受尊敬。传说他还是比萨等古希腊城市的建造者。

炯有神。总之，整个马就像活马一样栩栩如生。

在雅典娜的帮助下，他用三天时间完成了任务。大家都惊叹他的这件艺术杰作，他们甚至相信这匹马随时都会嘶鸣、奔跑。

厄珀俄斯朝天空举起双手，在全军士兵的面前祈祷："伟大的女神雅典娜！请听我的祷告，请保佑我和你的木马吧！"所有的希腊人也和他一起祈祷。

这时，特洛伊人紧闭城门，躲在城内。奥林匹斯山上的诸位神祇因对特洛伊的命运看法不一也分为两派，一派保护希腊人，另一派则反对希腊人。他们降临大地，在斯卡曼德洛斯河上排成阵势，只是凡人看不见他们而已。海洋诸神也同样如此。

神祇们的战斗开始了。首先是阿瑞斯向雅典娜发起冲击。这对其他的神祇们是一种信号，即刻神祇们都厮杀起来。他们的黄金铠甲碰撞在一起，铿锵作响；在他们的脚下大地震颤，他们的喊杀声一直传到地府。神祇们选择这个时机开战，是因为宙斯已外出，去了俄刻阿诺斯海和忒提斯岩洞。他是万神之祖，主宰一切，无论在多么遥远的地方，对特洛伊城发生的一

> **知识拓展**
>
> 海洋诸神：泛指居住在爱琴海海底的所有海神，包括波赛冬之前的海神涅柔斯、普罗透斯和他们的女儿。

切都洞若观火。宙斯知道神祇们正在厮杀，便即刻坐上雷车，催动双翼追风马，回到奥林匹斯山。他迅疾朝地上的神祇发出闪电，神祇们大吃一惊，立即停止了战斗。

正义女神忒弥斯是唯一没有参战的神祇。她降落到神祇中，向他们宣布，宙斯命令他们立即放下武器，否则将使他们彻底毁灭。神祇们畏惧万神之父，只好压制住心中的怒火，愤愤不平地撤离了战场。

这时，希腊人的木马已经做好。奥德修斯在会议上发言："丹内阿人的英雄们，现在已到了显示真正的力量和勇气的时候了。因为现在我们得钻进马腹，躲在里面度过一段没有阳光的日子，准备迎接光明的未来，请相信我，钻进马腹比对敌人作战需要更大的勇气！因此，只有最勇敢的人才能做到！其余的人先乘船去忒涅多斯岛。在木马附近只留一个胆大机灵的人，他要按我说的去做。谁愿意担任这一重任呢？"

大家迟疑着，没有一个人敢站出来。最后，希腊人西农挺身而出，他说："我愿担任这一任务，让特洛伊人折磨我，让他们把我活活烧死吧，我已下定决心和他们决一死战！"

> **知识拓展**
> 丹内阿人：希腊人的别称，因曾在伯罗奔尼撒的亚各斯居住过的埃及国王丹内阿斯而得名。

大家听了他的话，不禁为他欢呼。阿喀琉斯的儿子涅俄普托勒摩斯全副武装，第一个走进宽敞而又漆黑的马腹。在他后面是许多其他英雄，他们密密实实地挤在马腹里。最后，则是木马的制造者厄珀俄斯。他进了马腹，把梯子拉进马腹里后关上木门，从里面闩上。英雄们默默地挤坐在马腹里，不知道等待他们的是什么样的命运。

其余的希腊人听从阿伽门农和涅斯托耳的命令，放火烧毁帐篷和营具，然后登船起航，朝忒涅多斯岛驶去。到了忒涅多斯岛，他们抛锚上岸，等待着远方传来的火光信号。

拉奥孔

特洛伊人很快发现海岸上烟雾弥漫，随即他们发现希腊战船已经离去。特洛伊人非常高兴，成群结队地拥到海边。当然，他们仍存戒心，没有脱去铠甲。他们在敌人安营扎寨的广场上发现了一匹巨大的木马。他们围着它，惊讶地打量它，因为它实在是一件令人赞叹的艺术杰作。

这时，阿波罗的祭司拉奥孔从人群中走出

> **表达方式**
>
> 叙述：事情刚刚发生的时候，特洛伊人还保有着警觉和谨慎，毕竟此时还不能确定希腊人是不是真的离开了。

107

来劝阻大家说："不幸的人哪，哪个魔鬼使你们迷了心窍？难道你们真的以为希腊人会心甘情愿地离开，以为丹内阿人的礼品不包藏计谋吗？你们难道不知道奥德修斯是诡计多端的人吗？马腹里一定隐藏着危险，否则，它一定是一种新的作战武器，埋伏在我们附近的敌人会用它来攻击我们。总之，不管它是什么，你们决不能相信希腊人，更不能将这匹木马运回城里去。"

说着，他从站在一旁的战士的手中取过一根长矛，将它刺入马腹。长矛扎在马腹上抖动着，里面传出一阵回声，空荡荡的，像从空穴里传出的声音一样。然而特洛伊人的心已经麻木了，他们已经完全失去了警觉。

突然，有人发现了藏在木马腹下的西农。大家把他拖了出来，当作战俘，要押他去见国王普里阿摩斯。西农惟妙惟肖地扮演着奥德修斯委托给他的角色，他可怜地站在那里，朝天空伸出双臂，哭泣着哀求："天哪，我能到什么地方去，到哪儿乘船呢？希腊人将我赶出来，而特洛伊人也一定会杀死我的！"那些最初抓住他的牧人被他的话感动了。

⭐ 表达方式

细节描写：希腊人已经离开的事实令特洛伊人放松了警惕，就连木马空心这么明显的提示都没能让他们想到要检查一下木马内部。长久以来对神祇的依靠已经使他们忘记如何自立了。

接着，他告诉他们自己是如何成为祭品，又是如何在最后时刻逃出来的。

"我已经无法回到我的故乡去了。"他接着又说，"我现在落入你们的手中，你们是仁慈和慷慨地留我一条命，还是像我的同乡一样将我处死，这完全由你们决定了！"

他这套话编得很圆满，特洛伊人听了深受感动，连普里阿摩斯国王也深信不疑，允许他留在城里安身，但要他说出这匹木马的来历。

西农立即举起双手，假意祈祷起来："在战争期间，丹内阿人一直把他们的希望寄托在女神雅典娜的援助上。狡猾的希腊人偷了她在特洛伊的神像。女神十分愤怒，她撤回了对丹内阿人好心的援助。预言家卡尔卡斯说，我们应该立即乘船回去，在故乡再听取神祇的吩咐。他说，因为神像没有重新回到原处，我们就无法指望战争取胜，所以丹内阿人决定回国。临走前他们按照预言家的建议造了这匹巨大的木马，作为献给女神的礼品。卡尔卡斯要求把马身造得特别高大，使特洛伊人无法把马拖进城里。因为木马拖进城里，雅典娜就会保护你们而不保护希腊人了。相反，如果你们损坏了这

知识拓展

希腊人偷雅典娜神像：狄奥墨得斯与奥德修斯曾一同潜入特洛伊城，盗出了雅典娜神像，这是希腊人战胜特洛伊人的征兆。

匹木马，这正是丹内阿人所希望的，那么你们一定会遭殃。丹内阿人打算，他们在亚各斯听取了神祇旨意后，马上会再次回来，并准备在夺取你们的城池后，把女神的神像重归原处。"

这一番谎话，编得天衣无缝，使普里阿摩斯和特洛伊人都相信了。

这时，从忒涅多斯岛的方向游来两条大蛇，它们穿过明镜般的海面，一直游向海岸。它们从海面上伸出有血红肉冠的蛇头，蛇身在水里蜿蜒摆动，激起浪花。它们游上岸，吐着信子，咝咝地叫着，火焰般的蛇眼闪着可怕的光。仍

然围着木马的特洛伊人吓得面如土色，掉头就逃。但这两条蛇逶迤游到海神的祭坛前。

拉奥孔和他的两个儿子正在那里忙着祭供，毒蛇缠住这两个孩子，用带着毒液的牙狠狠地咬他们柔嫩的肌肉，孩子们痛得大声吼叫，他们的父亲拉奥孔抽出宝剑，急忙奔来，但毒蛇也把他缠住了。可怜的拉奥孔和他的两个儿子就这样被毒蛇活活地咬死了。

后来，这两条毒蛇一直游到雅典娜的神庙，盘绕着躲在女神的脚下。

特洛伊人把这场恐怖的事件看作祭司因怀疑木马而遭到的惩罚。人们急忙在城墙上开了一个大洞，另一些人给木马脚下装了轮轴，并搓了粗绳套在木马的颈子上，一起使劲，把木马拖回城去。

当木马通过城门的高门槛时，马腹中就会传出金属撞击的声音。可特洛伊人仍然没有听见，他们欢呼着把这匹巨大的木马拖到卫城上。

女预言家卡珊德拉在木马出现时感到一种预感，她冲出王宫，披散着头发，眼里冒着灼热的火花，摇晃着身子在大街小巷中呼喊着："特洛伊人呀，你们还不知道我们的道路已经直通哈

知识拓展

卡珊德拉的预言能力：传说特洛伊公主卡珊德拉曾许诺阿波罗只要赋予她预言的能力，她就嫁给阿波罗。但阿波罗这样做了之后，卡珊德拉却没有履行诺言。阿波罗无法把她的预言能力收回，只能使人们都不相信她的预言。

里斯的地府了吗？我看到城市充满着血腥和火光，我看到死神从木马腹中冲出来！你们还在欢呼着将它送上卫城。复仇女神因为海伦而决定向你们复仇，你们已经成了她们的祭品和俘虏了。"但特洛伊人只是讥笑和嘲弄这个疯疯癫癫的女人。

木马屠城

当天夜里，特洛伊人举行饮宴庆祝胜利。他们吹奏笛子，弹着里拉琴，唱起欢乐的歌。大家一次又一次地斟满美酒，开怀痛饮。战士们喝得烂醉如泥，完全没有任何戒备，很快便进入甜蜜的梦乡。西农也跟特洛伊人一起畅饮，然后假装不胜酒力睡着了。

深夜，他偷偷摸出城门，燃起了火把，高举着不停地晃动，向远方发出了约定的信号。

然后他熄灭了火把，偷偷跑到木马跟前轻轻敲了敲马腹。奥德修斯轻轻拉开门闩，探出脑袋，发现特洛伊人都已经进入梦乡。

于是，他悄悄放下木梯走了下来，其他英雄也跟在他后面一个个地走下来。他们到了外面便挥舞着长矛，拔出宝剑，分散到城里的每

表达方式

里拉琴：希腊神话中类似小竖琴的七弦乐器。相传由天神赫耳墨斯制作，送给阿波罗又被转赠给古希腊的杰出歌手俄耳甫斯。

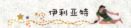

条街道上，屠杀那些酒醉和昏睡中的特洛伊人，把火把扔进房子里，不一会儿，全城都成了一片火海。

隐蔽在忒涅多斯岛附近的希腊人看到西农发出的火把信号，立即拔锚起航，飞快地驶到赫勒斯滂。上了岸，全体战士很快从特洛伊人拆毁的城墙缺口冲进了城里。被占领的特洛伊城到处是哭喊声和悲叫声，到处是尸体，受伤的人在死尸上爬行，受惊的狗的吠叫声、垂死者的呻吟声、妇女儿童的啼哭声交织在一起，划破了黑暗的夜空，又凄惨又恐怖。

希腊人也损失惨重。尽管大部分特洛伊人手无寸铁，但他们仍然拼死抵抗，拿起手头所能抓到的任何东西攻击冲来的希腊人。

屋顶上蔓延的火焰和希腊人手中的火把，把全城照耀得如同白昼。

希腊的战士们对特洛伊人实行了极其残忍的屠杀。

墨涅拉奥斯沿着宫殿的走廊走去，到处搜寻海伦，心里充满了对结发妻子的矛盾感情，过了好久才发现躲在角落里的海伦。但阿佛洛狄忒使她更加妩媚、美丽，这平息了墨涅拉奥斯心里

知识拓展

《奥德赛》：又译为《奥德修纪》，与《伊利亚特》并称古希腊两大史诗，相传为荷马所作。因希腊人未惩罚埃阿斯的渎神行为，雅典娜请求波赛冬在爱琴海搅起巨浪和旋涡，使希腊人在返航途中迷失方向，埃阿斯因此葬身大海。埃阿斯对卡珊德拉的暴行是《奥德赛》中奥德修斯在海上漂流十年的起因。

的怒气，唤起了他心中的旧情。顿时，墨涅拉奥斯忘记了妻子的一切过错。

后来，他与海伦一同回到斯巴达。当特洛伊城正遭受血腥屠杀的时候，隐身在乌云里的神们为特洛伊城的陷落悲叹不已。只有特洛伊人的死敌赫拉，以及阵亡的阿喀琉斯的母亲忒提斯心满意足地大声欢呼。

即使希望特洛伊失败的雅典娜也忍不住淌下了眼泪，因为她看见埃阿斯竟然进入她的神庙，粗暴地抓住她的女祭司卡珊德拉的头发，把她拖了出去。

女神虽然没法援救她敌人的女儿，可她的双颊却因愤怒和羞愧而发烧。她的神像嘎嘎作响，使神庙下的地基都震动起来。她发誓要报复他，因为他犯了亵渎之罪。

熊熊火柱直冲天空，宣告不幸的特洛伊城从此彻底毁灭了。

　　关于特洛伊之战，在荷马之后三个世纪的古希腊史学家希罗多德则有不同的记载：帕里斯是在受到墨涅拉奥斯的款待之后拐走海伦并掠走财物的，而在回特洛伊的路上遇到大风，偏离了原来的航向，到了埃及，在尼罗河的卡诺包斯河口（今埃及亚历山大港），帕里斯的侍从向当地祭司告发了主人的不义行径。埃及人扣下了海伦和财物，让帕里斯三天内离开。此时希腊人要求特洛伊人交出海伦和财物，特洛伊人自然交不出来，而希腊人又不相信特洛伊人的解释，于是双方开战。希腊人在攻克特洛伊城之后发现特洛伊真的没有海伦，这才相信特洛伊人的说法。后来墨涅拉奥斯又亲自到埃及接回海伦和全部财物，但在他离开时却杀害了两个当地的孩子作祭品，因而遭到埃及人的追捕逃往利比亚。

　　希罗多德是古希腊作家、历史学家，他的《历史》（又名《希腊波斯战争史》，简称《希波战争史》）一书是欧洲第一部历史著作，因此，欧美史学界将希罗多德尊为"历史之父"。他在《历史》一书中这样写道："由于这件事情不是像他（指荷马）所用的另一个故事那样十分适于他的史诗，因此他便故意放弃了这种说法，但同时却又表明他是知道这个说法的。"

　　由此，我们也可以看出神话在形成与流传过程中所受到的历史事件的影响，以及古人以神意解释重大历史事件发生原因的思

维倾向。这一点，全世界都是共通的。

·回味思考·

试着复述整个故事。

·素材积累·

❦ 好 词 ❦

心旌摇荡　风姿绰约　猎猎吠叫　不可开交　趔趄

❦ 好 句 ❦

当雨点般密集的乱石朝帕拉墨得斯砸来，他只是从容而勇敢地对天呼喊："真理啊，你应当欢呼，因为你死在我的前面。"

读后感

　　这本书为我敞开了一扇观察和认识古希腊乃至整个欧洲文化的窗口，我被里面神的故事和英雄的传说深深地吸引住了。

　　在这本书中，我认识了许多英雄，他们正直、善良、勇敢。最令我感到愤愤不平的是普罗米修斯的遭遇，他把火种带到了人间，让人们不再吃生食，可宙斯却把他锁在悬崖上，还要被老鹰吃掉肝脏，这是多么痛苦的一件事呀！同样令人为之感到不平的还有帕拉墨得斯之死，只因为奥德修斯的嫉妒就受到冤枉，死了也要蒙受冤屈，而天神明明知道他受了冤枉却什么都不说。所以我觉得古希腊大部分的神和我们中国的神不一样，古希腊的神大部分都很自私、任性，只有少部分的神是善良的。

　　除此之外，这本书里也有许多东西是值得我们思考的，比如我们不能像潘多拉那样愚蠢，尽管她的丈夫一再告诉她不要打开魔盒，但她最后还是打开了魔盒，给人类带来了无数灾难；也不能像坦塔罗斯那样残忍，不择手段，竟然用自己儿子的肉来宴请众神；不能像尼俄柏那样骄傲，结果害死了自己的儿女和丈夫。

　　这本书内容丰富，不仅让我了解了西方文化，还让我进一步加强了分辨丑与美、善与恶的能力，让我加深了对文学艺术作品的理解，激发了我对阅读经典文学的兴趣。

　　书籍是人类进步的阶梯，虽然书上的有些观点我并不完全认同，但这本书对我的成长还是很有帮助的。